길 위의 낭만,
순례길 신혼여행을 꿈꾸다

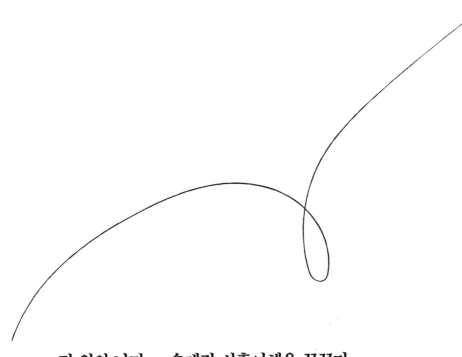

길 위의 낭만, 순례길 신혼여행을 꿈꾸다

글 · 사진 김리나, 권영범

크렉

Contents

4장   프랑스, 함께 걷는 순례길

7장 **이탈리아, 일상으로 내려가는 길**

slow

그날 이후 나는 원피스를 입든 구두를 신든 조금씩 조금씩
그와 함께 풀물이 들어갔다.

첫 만남

초여름의 청계천을 배경으로 그가 손을 흔들며 다가왔다. 어쩐지 그의 외모는 나이를 짐작할 수 없게 했다. 또래 남자들을 꽤 많이 알고 있었지만 어떤 이와도 같지 않은 느낌이었다. 그날 입고 온 연두색 체크무늬 셔츠는 그가 항상 입는 옷이었다. 대학생에게도 직장인에게도 심지어 열여섯 살 짜리가 입어도 어울릴 것 같은 그 셔츠. 숨길 것이 하나도 없다는 듯 목청 까지 보여 주며 하하하 웃는 그 웃음은 나보다 두 살이 많은 그를 소년으로 보이게 했다.

먼저 도착해 길을 묻는 할아버지와 대화하고 있던 내게 그가 말했다.

"오, 벌써 친구 사귄 거예요?"

나는 그냥 멋쩍게 웃었다. 그의 두 번째 고백 이후 첫 만남이었다. 1년 전 전화를 통해서도 그리고 다시 일주일 전 메일을 통해서도 그는 어떤 계 산도 군더더기도 없이 내게 다가왔다. 이런저런 어색하고 결말도 없는 이 야기들이 오갔지만 그는 대답을 바라지도 않은 듯했다.

그를 만나기로 결심한 건 한 수녀님의 조언 때문이었다. 그해 여름, 이제 막 예비 봉헌자 모임을 시작한 스물다섯의 나는 거침없이 다가와 내 마음을 마구 흔드는 그를 어떻게 다루어야 할지 몰랐다. 내가 겨우 용기를 내 봉헌자 모임을 시작했다고 했을 때 그는 더 반가운 얼굴로 말했다.

"저도 지금 고민 중이에요. 같이 고민하면 되겠네요!"

내가 도움을 청했던 그 수녀님은 말씀하셨다. 이렇게 된 거 그냥 직접 만나 보라고. 보고 만질 수 없는 마음은 더 커질 수밖에 없고, 또 막상 만나고 나면 그 마음이 사그라들 수도 있다고. 그날 내가 그를 만나러 나간 이유가 수녀님의 말을 믿어서인지 아니면 단지 그를 만날 좋은 핑계를 찾아서인지는 나만 알고 있었다.

"우리 저기 한번 가 봐요!"

동묘 앞 구제 시장에 도착했을 때였다. 그는 청계천 옆 귀퉁이 가판으로 나를 이끌었다. 한 종류로 정의할 수 없는 물건들을 모아 놓은 벼룩시장이 열려 있었다. 옷, 시계, 그릇 그리고 어디서도 본 적 없는 장식품들을 각자 구경했다. 내가 꼬인 모양의 구릿빛 반지를 집었을 때 그는 신이 난 표정으로

T자 모양의 제도용 자를 들고 왔다.

"이거 건축에서 디자인할 때 쓰는 건데, 찾기 힘들거든요."

그는 그런 사람이었다. 오래 좋아했던 여자한테 방금 두 번째로 차였어도 눈앞에 있는 자 하나에 신날 수 있는 사람. 어떤 일이 일어나도 자기 앞의 순간을 놓치지 않는 사람. 우리는 반지와 자를 하나씩 끼고 청계천을 걸었다. 서울 한복판에 잘 정돈되어 있기로 유명한 청계천이었음에도 그는 나를 수풀 속으로 이끌었다. 입고 있던 베이지색 면바지에 풀물이 들었지만 그는 전혀 개의치 않았다. 내가 그날 어떤 옷을 입었는지는 기억나지 않는다. 다만 그날 이후 나는 원피스를 입든 구두를 신든 조금씩 조금씩 그와 함께 풀물이 들어갔다.

시작

우리가 처음 비아 프란치제나 순례길을 생각한 때는 풋풋한 연애 초기였다. 지금은 남편이 된 그 시절의 남자 친구, 이삭이 먼저 이야기를 꺼냈다. 사랑에 빠져 본 사람이라면 알 것이다. 내가 좋아하는 사람과 무엇이라도 함께하고 싶은 마음을. 나는 '비아 프란치제나'라는 생소한 이름을 마음에 담았다. 하지만 그 후 우리는 고민 끝에 각자 봉헌 생활을 하기 위해 헤어졌다. 서로 만나기 전부터 꾸던 꿈을 잊지 못했기 때문이었다.

그리고 1년 뒤, 봉헌 생활을 그만두고 나온 우리는 패잔병처럼 다시 만나 결혼을 결심했다. 식을 한 달 남긴 2018년 2월, 이번에는 내가 먼저 비아 프란치제나 순례길 이야기를 꺼냈다. 그렇게 우리는 겁도 없이 한 달 만에 각종 장비를 사고 딱 한 번의 연습을 마친 뒤, 90일 동안 20kg을 들고 떠나는 순례길 신혼여행을 시작했다.

처음 이삭을 알게 되고 한동안은 나와 정말 비슷한 사람이라고 느꼈다. 하지만 알면 알수록 우리는 정말 달랐다. 이삭은 어릴 때 미국으로 이민을 가 오랫동안 살았던 경험 때문인지 자유분방하고 도전하는 것에 망설임이 없다. 반면 나는 계획대로 하나하나 이루어 가는 것을 좋아하는 신중한 성격이다. 이삭은 마당이 있는 집에서 나무를 오르며 자랐고, 나는 아파트에서 태어나 아파트에서 자랐다. 운동을 좋아하지도 하이킹이나 트래킹을 즐기는 사람도 아닌 내가 순례길에 오른 결정적인 계기는 임용 고시 탈락이었다. 누구나 준비한 시험에서 탈락하는 것은 힘들겠지만 나에게는 다른 이유가 하나 더 있었다. 임용 고시는 봉헌 생활을 그만두고 나온 나를 견디게 해 준 버팀목이었다. 스물여덟 살의 나는 이룬 것이 하나도 없었다.

많은 이들이 저마다의 이유로 순례길을 걷는다. 누군가는 종교적인 이유로 신을 찾으러 떠나고, 또 누군가는 트라우마를 극복하러 길에 오른다. 각자가 마음속 고민을 해결하길 기대하며 순례길에 오르는데, 나에게 순례길은 질문 없이 답을 찾으러 떠난 여행이었다. 아무것도 이룬 것이 없어 보이는 그때 순례길을 걷고 나면 적어도 하나의 질문과 답은 완성될 것만 같았다.

한국 사람들에게 여러모로 널리 알려진 산티아고 순례길과 달리 비아 프란치제나 순례길은 이름 자체도 생소하다. 비아 프란치제나는 영국 캔터베리 성당에서 시작해 뱃길을 지나 프랑스, 스위스, 알프스산맥을 거쳐 이탈리아 로마에서 마무리되는 총 1800km에 달하는 순례길이다. 많이 알려지지 않은 만큼 순례자도 적고 시설도 부족한데, 그 점이 우리를 산티아고보다 비아 프란치제나에 끌리게 했다. 2016년에 산티아고를 걸은 순례자는 250,000명인데 비해 비아 프란치제나를 걸은 순례자는 2,500명이다.

당시 우리에게는 도전적이고 힘든 일이 필요했다. 결혼 생활의 시작점에 서 있던 우리는 봉헌 생활을 바라보고 각자 길을 걷다 나와서 다시 만난 상태였다. 우리의 영혼은 길지 않은 인생에서 가장 지쳐 있었다.

일기장

여행을 기록하는 건 여행의 마침표이자 완성이다. 누군가는 사진이나 비디오를 많이 찍어 오기도 하고, 또 누군가는 입장권, 영수증, 나뭇잎이나 조개 등을 챙겨 오기도 한다. 우리도 신혼여행이자 우리의 첫 순례길 여행을 기록으로 남기고 싶었다. 이삭은 가볍게 들고 다닐 수 있으면서도 좋은 사진을 찍기 위해 핸드폰을 바꾸고, 친구들에게 선물 받은 액션 카메라 고프로로 순간순간을 기록하길 고대했다.

나의 경우에는 그것이 일기였다. 여행을 가거나 친구들과의 만남 등 소중한 시간을 보관하는 가장 좋은 방법은 내게 글쓰기였다. 인생에 한 번뿐일 이 신혼여행이자 대장정의 도보 여행을 기록할 방법으로도 글쓰기가 제일이라고 생각했다. 글쓰기 중에서도 특히 일기 쓰기는 내가 보낸 날들이 날아가지 않도록 시간들에 추를 매달아 놓는 의식이었다. 그래서 아무리 이고지고 다니는 배낭여행이라도 일기장은 당연히 가져갈 심산이었는데, 이왕쓸 거 아예 우리만의 맞춤 일기장을 만들면 어떻겠냐는 아이디어가 나왔다.

일기장은 우리의 일정에 맞춰 만들어졌다. 결혼식 날짜인 3월 17일부터 순례길을 마무리할 6월까지 매일매일의 페이지를 만들고, 각각의 날에는 오늘 길었던 거리의 시작점과 끝점을 적을 공간을 마련했다. 그날의 가장 행복한 순간과 감사한 순간, 서로에게 묻고 싶던 질문들까지 골라 적은 우리의 신혼여행 한 줄 한 줄이 담긴 기록이었다. 욕심껏 좋은 종이와 간간히 컬러 페이지까지 넣어 한 권당 출력 및 제본 비용이 자그마치 5만 원에 달하는 이 일기장은 우리가 함께 만든 첫 책이었다.

올바른 길을 걷고 있는지 의심이 들 때 만난
순례자 표지판 속 인자한 미소는 우리에게 안도감을 주었다.
어설프고 위험했지만 결국 우리는 잘 가고 있었다.

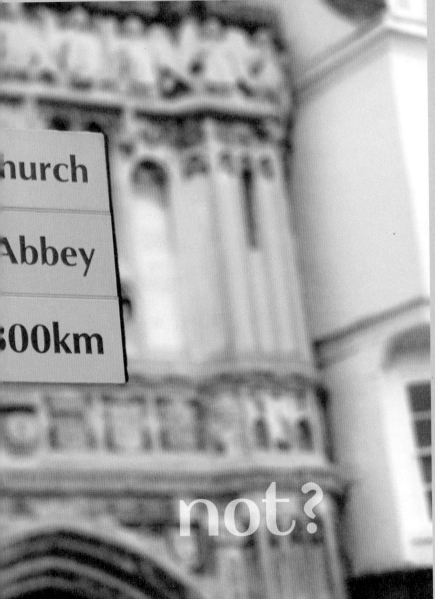

영국에 도착하다

영국 캔터베리(Canterbury)

한국 시간 새벽 3시. 런던 히드로 공항에 도착했을 때 하늘에서는 싸락눈이 날리고 있었다. 3월 중순임에도 유럽 전체가 이상 기후로 아직 겨울 날씨라는 것을 우리는 그제야 알아차렸다. 한국에서부터 짐 무게를 줄인다고 가진 옷을 다 입고 있었지만 추위를 막을 수는 없었다. 우리는 소매를 끌어내려 차가운 카트를 잡고 오들오들 떨며 간신히 이동했다. 어쩐지 시작부터 매끄럽지 않음을 직감하며 설렘이 사라질라치면 나는 어제 결혼식에서 웨딩드레스와 턱시도를 입고 배낭을 멘 채 찍은 사진을 한번 꺼내 봤다.

시차 적응할 겸 결혼식 피로 풀 겸 이틀 정도는 순례길의 시작점인 캔터베리 킵스 Kipps 호스텔에서 묵기로 했다. 킵스 호스텔은 비아 프란치제나 순례자들 거의 대부분이 첫째 날 밤을 보내는 곳이다. 저렴한 가격에 단독으로 쓸 수 있는 아기자기하게 꾸며져 있는 방뿐만 아니라 캔터베리 시내며 대성당과의 접근성도 좋은 아주 매력적인 숙소다. 좁다란 복도 끝에 자리 잡은 방에서 우리는 로프를 창문에 매달아 빨래를 널기도 하고, 아침 식사마다 빵에 꼼꼼히 오렌지 마멀레이드를 발라 먹기도 하며 편안한 2박 3일을 보냈다.

다음 날 우리는 어제 공항에서의 추위를 기억하며 캔터베리에서 방한용품을 몇 가지 샀다. 경량 조끼, 비니, 장갑, 머플러까지 약 150파운드를 고민도 없이 쓰고 나왔다. 순례자 신분에 말도 안 되는 지출이지만 덕분에 우리는 두 달 뒤 알프스를 지날 때 기록적인 눈더미 안에서도 살아남을 수 있었다.

순례자 여권 '크레덴셜'을 구입하는 것도 잊지 않았다. 크레덴셜은 순례자임을 증명하는 작은 책자로 순례자 할인을 받을 때 유용하게 쓰이기도 하지만 주 용도는 각 도시의 바 식당 , 관광 사무소, 순례자 숙소 등에서 도장을 받아 마지막 종착지인 바티칸에서 순례길 완주를 증명하는 것이다. 바티칸 스위스 근위병에게 이 여권을 보여 주면 특별히 마련된 방으로 순레자들을 데리고 가서 순례길 완주 증서를 발급해 준다. 우리는 아직 첫 번째 도장도 받지 않은 빳빳한 종이에 이름과 주소를 쓰고 서명을 했다. 기념사진까지 찍고 나니 드디어 순례길에 오른다는 것이 실감 나기 시작했다.

첫 번째 낯선 천사

영국 캔터베리(Canterbury) - 바헴(Barham)
15km, 7시간 48분

처음 영국에 도착했을 때 잠깐 만난 이삭의 영국인 친구가 한 말이 있다. 여행 중에 만나는 사람들은 낯선 이를 가장한 천사일 수도 있다고. 이 말은 우리가 순례길에서 배운 중요한 몇 가지 중에 하나였다. 여행의 시작부터 끝까지 우리는 이 말을 절절히 체험했다.

본격적인 순례의 시작이었지만 우리는 아직 순례자가 되지 못했다. 그 흔한 순례길 다큐멘터리나 영화조차 본 적 없었던 우리는 다른 순례자들이 어떻게 하루를 보내는지 전혀 몰랐다. 보통의 순례자들은 아침 6~7시쯤 일어나 아침 식사를 하고, 부지런히 걸어 간단하게 요기를 한 뒤 2시 늦어도 4시까지는 그날의 목적지에 도착한다. 그리고 도착지에서 짐을 푼 다음에는 도시를 둘러보며 다음 날을 채비한다. 우리는 처음부터 끝까지 순례자답지 않은 일상들을 보냈는데, 그 정도가 첫날에는 특히 심했다.

순례자들은 평지 기준으로 하루에 평균 25km를 걷는다. 하지만 첫날의 우리는 고작 15km를 장장 8시간 동안 걸었다. 보통 성인의 도보 속도는 1시간에 5km로 10kg이 넘는 가방을 메고 걷는다는 것을 감안하더라도 정말 느린 속도다. 일정이 꼬인 건 아침부터였다. 순례자 여권에 첫 번째 도장을 받기 위해 아침 9시에 대성당 사무소에 도착했는데 1시간 뒤에야 사무소가 열린다고 했다. 할 일 없이 기다림으로 채워진 1시간은 순례길 첫날의 흥분과 설렘을 김새게 만들기 충분한 시간이었다.

우리는 1시간 동안 성당 주위를 뺑뺑 돌기도 하고, 벤치에 앉아서 으스스한 영국 날씨를 느끼기도 하며 시간을 때우다 도장을 받아 길을 나섰다. 하지만 여행 첫날이라는 특별함은 아무 의미 없는 길과 풍경에도 의미와 멋을 부여한다. 그 여행이 신혼여행이라면 더더욱. 우리는 길 위에 아무렇게나 버려진 나무토막 위에 배낭을 올려놓고 사진을 찍기도 하고, 작은 도시 안 골목길 여기저기에서 어설픈 포즈도 취했다. 덕분에 1시간에 1번씩 10분으로 정한 쉬는 시간은 20분, 30분을 쉬이 넘겨 버렸고 얼마 가지도 못해 점심시간이 되고 말았다. 게다가 바람이 너무 많이 분다고 징징대는 아내를 위해 유부남 3일 차 열정 가득한 남편은 들판에다 텐트까지 쳤다. 결국 점심을 다 먹고 정리하는 데만 1시간이 걸렸다.

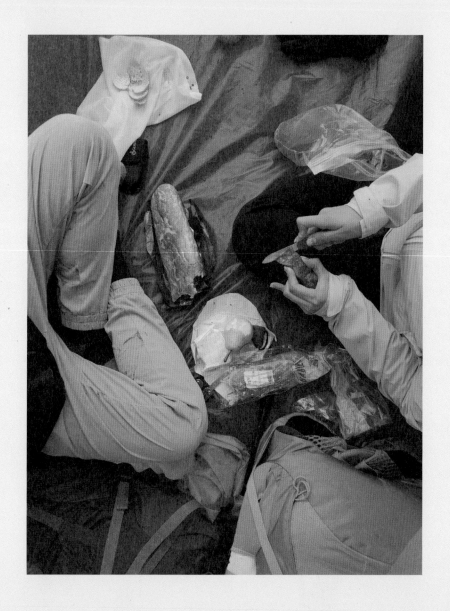

이렇게 노닥거리며 걷는 와중에 우리는 당장 오늘 머물게 될 도시에 마땅한 숙소가 없다는 사실을 알아차렸다. 할 수 있는 건 비아 프란치제나 페이스북에 'SOS'로 시작하는 글을 올리는 것뿐이었다. 당연히 숙소는 구하지 못한 채로 오후 5시쯤 작은 마을 바헴에 도착했고, 일단 저녁이나 먹으며 생각하자고 우리는 마을 레스토랑으로 들어갔다. 시간이 흘러 해까지 저물어가고 테이블 위의 음식은 다 먹다 못해 접시까지 치워진 지 오래였다. 레스토랑에 더 있기가 눈치 보일 무렵 기적같이 순례자들을 가끔 공짜로 재워 주곤 한다는 마을 사람의 연락처가 적힌 댓글이 달렸다. 실례인 걸알지만 우리는 다급히 그 연락처로 전화를 걸었다. 그리고 그분이 우리의첫 번째 낯선 천사, 분홍 색깔로 염색한 머리가 인상적인 바헴의 멋쟁이 할머니 발레리였다.

요즘 여기저기 생겨나는 카페들 중 다양한 소품들이 아기자기하게 꾸며져 있는, 조금은 번잡하리만치 빈 공간 없이 채워져 있는 곳들이 있다. 발레리 집은 딱 이런 느낌이었다. 다른 점이라면 발레리 집의 모든 소품들은그저 공간을 채우기 위한 것이 아닌 하나하나가 몇 개월에서 20~30년까지 시간과 추억을 담고 있었다. 다음 날 손자 손녀들이 놀러 올 예정이라남은 빈 방을 내어 주었는데, 그 방 역시 손녀의 피아노와 인형들로 꽉 차있었다. 그곳이 따뜻하고 아늑한 우리의 첫 숙소였다.

다음 날 아침, 발레리가 달그락거리는 소리와 함께 아침 식사를 준비하는 동안 우리는 식당에서 조그만 피아노를 발견했다. 피아노 학원에 우르르 몰려가 체르니를 연습하던 초등학생 중 한 명이었던 나는 그때의 기억을 되살려 건반을 뚱땅거렸다. 조금 치다 부끄러워 뚜껑을 덮으려는데 발레리가 한동안 치는 사람이 없었다며 계속 연주해 달라고 했다. 부끄러운 피아노 실력이었지만 햇살 들어오는 부엌에서 빵 굽는 냄새를 맡으며 피아노를 친 그 순간만큼은 피아노를 친다는 게 어떤 기분인지 충분히 즐길 수 있었다.

잠시 후 발레리가 내어 온 바삭한 바게트에 버터와 여러 가지 마멀레이드를 곁들여 커피 향 가득한 아침을 먹었다. 아침을 먹으며 집이 정말 예쁘다고 말씀드렸더니, 발레리는 정신없어 보이지만 추억이 담긴 물건들이 각자의 위치에 잘 놓여 있는 거라고 싱긋 웃으며 말했다. 따스한 아침 식사를 마치고 뭐라도 보답할 게 없나 가방을 뒤적이다가 결혼식 폐백 뒤에 밤과 대추를 받아 온 복주머니를 발견했다. 밤과 대추는 가방에 서둘러 털어 넣고 복주머니에 10파운드를 넣어 발레리에게 건넸다. 5년이 흐른 지금, 발레리의 추억이 쌓인 찬장에는 우리의 복주머니도 놓여 있을까.

고속도로 횡단

영국 바헴(Barham) - 도버(Dover)
19.6km, 9시간 24분

모든 처음은 서툴다. 첫걸음마, 첫사랑, 첫 운전, 첫 출근……. 우리의 순
례길도 처음엔 어설플 것이라고 예상은 했다. 하지만 이틀 만에 8차선 고
속도로 중간에서 걷게 될 줄이야. 양쪽에서 반대 방향으로 쌩쌩 달리는 차
들과 몇 초에 한 번씩 들리는 경적 소리. 그 사이를 걷고 있으려니 힘들다
는 불평조차 할 새 없었다. 최대한 노란 선을 따라 몸을 좁혀 걷는 데 집중
하며 걷고 또 걸었다. 이삭과 나는 서로 말은 안 했지만 마음속으로 같은
생각이 오갔다.

'부모님한테는 무조건 비밀이야.'

비아 프란치제나에서 걸어서 지날 수 없는 구간이 딱 하나 있다. 바로
영국에서 프랑스로 건너가는 바닷길이다. 내일 우리가 배를 타려면 오늘
안에 영국의 항구 도시, 하얀색의 거대한 절벽이 유명한 도버까지 꼭 가야
했다. 발레리의 집은 비아 프란치제나 길에서 조금 벗어나 있어 순례길 지

도로는 길을 찾을 수 없었다. 우리는 핸드폰을 꺼내 오랜만에 데이터를 켜 GPS를 연결했다. 도버까지 여유 있게 도착하려면 예쁜 길이나 아름다운 경치보다는 최단 거리로 가는 것이 중요했다. 아무 망설임 없이 우리는 화면 속 초록선을 따라 걸었다.

길을 따라 걷고 있는데 조금씩 차들이 지나다니기 시작했다. 자꾸만 넓어지는 길이 의심스럽기는 했지만 으레 빠질 수 있는 인도가 있겠지 싶어 일단 직진했다. 그리고 그 길은 우리를 순식간에 8차선 고속도로로 데려다 놓았다. 마치 시냇물을 따라가다 갑자기 바다로 나온 물고기들처럼 우리는 우왕좌왕했다. 그렇다고 이제 와 다른 길을 찾거나 돌아가기도 어려웠다. 차들은 점점 많아졌고 도보는 점점 좁아졌다. 거기에다 지도는 우리를 시험하듯 방향을 꺾어 도로를 건너라고 했다. 머리를 울리는 경적 소리에 두 팔로 머리와 귀를 감싼 채 중앙선으로 향했다. 그리고 건널 타이밍을 잡을 때까지 일단 중앙선을 따라 걷기로 했다.

다행히 중앙선에 차도 난간이 등장하면서 삼각형의 좁은 안전지대가 생겼다. 우리는 좁은 삼각형 안에 딱 붙어 핸드폰 속 지도를 움직여 한참 앞으로 가 보았다. 고속도로 옆 휴게소 뒤로 샛길이 보였다. 우리는 신중하게 건널 타이밍을 잰 뒤 길을 건넜고, 마침내 휴게소가 있다는 곳에 다다랐다. 하지만 어렵게 도착한 그곳에 우리를 기다리고 있던 건 대낮임에도 침침

해 보이는 불 꺼진 건물과 그 건물을 둘러싸고 있는 오래된 철조망이었다. 철조망에 감겨 있는 제멋대로 난 덩굴은 휴게소를 흡사 마녀가 사는 성처럼 보이게 했다. 순례길 시작 이틀 만에 난관에 봉착한 이 상황이 절망스러웠다. 혼자 좌절감에 빠지려는 찰나 울타리를 둘러보고 온 이삭이 구멍을 발견했다며 나를 불렀다.

규칙을 어기는 것에 스릴을 느끼는 사람이 있고, 반대로 마음이 한없이 불안해지는 사람이 있다. 나는 후자에 속한다. 그 순간에도 나는 우리 처지보다 누군가의 사유지로 담을 넘어 들어가야 한다는 사실이 더 마음에 걸렸다. 그렇지만 혼자 되돌아갈 수도 없는 노릇이었다. 이삭과 함께 나뭇가지를 헤치며 수풀을 지나 철조망 속 구멍으로 들어가 보기로 했다. 수풀이 꽤 우거져서 맑고 화창한 날씨였음에도 철조망 근처에는 빛이 거의 들어오지 않았다. 팔은 수풀 속 나뭇가지에 긁혔고, 발은 어두운 흙 사이로 빠졌다. 말 그대로 낑낑대며 철조망 구멍을 지난 뒤, 눈앞에 펼쳐진 광경에 나는 입이 벌어졌다. 끝없이 펼쳐진 지평선과 내 키의 3~4배는 넘어 보이는 나무들 그리고 그 사이로 드문드문 이어진 오솔길이 보였다. 그 순간

고속도로를 지나고 막다른 골목을 마주하면서 잔뜩 졸였던 마음이 사르르 풀어졌다. 그제야 우리는 서로를 마주 보고 웃으며 처음 만난 끝없는 지평선을 한껏 즐겼다.

평탄한 길을 걷는다는 것이 얼마나 감사한 일인지 느끼며 한층 가벼운 발걸음으로 길을 걸었다. 마침 도착한 마을에서 샌드위치와 도시락을 사 먹고 조금 더 걷다 보니 드디어 비아 프란치제나 표지판을 발견했다. 산티아고 순례길의 유명한 노란색 화살표나 조개 모양 표지판처럼 비아 프란치제나 길에도 표지판이 있다. 영국에서부터 로마까지 나타나는 빈도는 나라마다 길마다 다르지만, 이 순례자 표시가 우리가 걷고 있는 길이 비아 프란치제나 순례길이라는 것을 알려 준다. 올바른 길을 걷고 있는지 의심이 들 때 만난 순례자 표지판 속 인자한 미소는 우리에게 안도감을 주었다. 어설프고 위험했지만 결국 우리는 잘 가고 있었다.

순례길 준비물

각자

물품	개수
슬리퍼	1
모자	1
방수 재킷	1
긴바지	1
긴소매 티	1
우비	1
반바지	1
반팔	3
양말	3
속옷	4
플리스	1
배낭	1
침낭	1
칫솔	1

공용

물품	개수
빨랫줄	1
옷핀	2
노트북	1
핸드폰	1
칼	1
손전등	1
로션	1
손톱깎이	1
샴푸	1
선크림	1
손수건	1
치약	1
방수 바지	1

추천할 만한 물건은 배낭, 신발, 양말 정도다. 이삭은 '오스프리 아트모스 65L', 나는 '오스프리 아우라 50L' 배낭을 샀다. 한 번도 고장 난 적 없었고, 어깨의 하중을 허리와 다리로 분배해 주는 반중력 antigravity 구조로 오랜 시간 걸어야 하는 순례자에게 안성맞춤 가방이다. 신발은 '올버즈 울러너'와 '스카르파 고어텍스'를 번갈아 가며 신었다. 올버즈 울러너는 조금 더울 때나 비교적 평탄한 길에서 신었고, 진흙길을 걷거나 눈밭 등 고르지 못한 길을 걸을 때는 스카르파 고어텍스 등산화를 신었다. 양말은 '단터프'를 신었는데 양말임에도 평생 AS가 가능하다. 유일한 단점이라면 한 켤레에 2만 원이라는 비싼 가격인데, 순례길 내내 발에 물집 잡힌 적이 한 번도 없었으니 값은 아깝지 않았다.

　　순례길을 떠나기 전, 실전처럼 짐을 꾸려 보고 10km 이상 걸어 보는 연습을 여러 번 하는 것이 좋다. 또 배낭 무게가 내 몸에 무리갈 정도는 아닌지 확인하고, 덜어낼 수 있는 짐은 모두 덜어내는 과정도 필요하다. 우리는 걷는 연습도 하지 않고, 배낭 무게도 점검해 보지 않아서 초반에 무릎과 발목이 아파 심하게 고생했다. 가끔은 권고 사항을 지킨 후기보다 지키지 않은 사람의 고생담이 더 경종을 울린다. 현명한 여러분은 꼭 연습을 마치고 길에 오르기를 바란다.

become

오두막 바깥벽에 나란히 기대어 흙이 잔뜩 묻은
똑 닮은 두 켤레의 신발을 보고 있자니 내 입가에 미소가 새어 나왔다.

3장.   프랑스, 길 위의 낭만

one

서운함을 녹이는 법

영국 도버(Dover) – 프랑스 깔레(Calais)
(배로 이동)

　결혼 전에는 우리도 여느 커플처럼 서로가 서로에게 완벽한 짝이라고 느껴 왔고 또 말해 왔다. 연애하는 동안 싸운 적은 물론 서로에게 마음 상한 적도 정말 손에 꼽을 정도다. 그렇지만 순례길을 걷는 동안에는 말 그대로 밥 먹듯이 싸웠다. 하루 중 한두 시간은 서로 다투는 데 시간을 보냈다고 해도 과언이 아니었다. 나는 지금 아주 위험하게도 우리의 첫 부부 싸움 이야기를 신혼여행 에세이에 적으려 한다.

　영국 도버에서 멋진 절벽을 뒤로한 채 배를 타고 프랑스의 깔레라는 도시로 향했다. 우리는 깔레에 도착해 점심 식사를 하며 앞으로의 경로를 의논했다. 지도를 보니 짧게 긴느 Guines 까지 가로질러 가는 길이 있었고, 조금 돌아서 바다를 따라 위쌍트 Wissant 라는 도시를 들러서 가는 길이 있었다. 일정은 촉박했지만 바닷가 길을 한 번쯤 걸어 보고 싶었다. 다행히 마음이 맞았던 우리는 위쌍트로 발걸음을 옮겼다. 우리는 신혼여행 코스 중 하나로 바닷가 하이킹을 즐기러 온 것처럼 부둣가를 걸으며 사진도 찍고, 모래사장을 걸으며 바다에 발을 담가 보기도 했다.

　그런데 서서히 발목이 그다음에는 무릎이 아프기 시작했다. 그냥 무시하고 걷기에는 통증이 점점 더 심해져서 우리는 가지고 온 스포츠 테이프로 급한 불을 꺼 보기로 했다. 하이킹 초보자 우리 두 사람은 당연히 스포츠 테이핑을 해 본 적이 없었다. 일단 유튜브로 방법을 찾아보는 것이 순서였다. 기둥 위에 핸드폰을 올리고 영상을 보는 동안 이삭은 테이프를 손에 쥔 채로, 나는 나무 기둥 위에 다리를 어정쩡하게 올린 채로 10분이 지났다. 어영부영 테이핑을 하고 다시 걸어 보는데도 통증은 좀처럼 가시지 않았다. 나중에 알게 된 사실이지만 내가 감당하기에는 너무 많은 무게를 지고 있었던 탓에 발목과 무릎에 무리가 갔던 것이다. 하지만 그 사실을 알지 못했던 나는 운동 부족인 내 몸을 탓하기 시작했다.

이삭이 내 가방까지 대신 메 보기도 하고, 거의 기어가듯이 느린 속도로 걸어 보기도 했지만 결국 나는 5km를 겨우 걷고 발을 떼지 못했다. 걷지도 못하고 짐이 되는 것 같아 마음이 답답하던 찰나, 이삭이 날카롭게 한마디 던졌다.

"리나. 이래 가지고 어떻게 로마까지 가!"

이삭도 어지간히 답답해서 한 말이겠지만 나는 눈물이 핑 돌았다. 태어나서 처음 와 본 프랑스에서 발까지 아파 서러운데 의지하고 있는 딱 한 사람이 던진 그 말은 파급력이 컸다. 상처받은 마음은 입을 꾹 다물게 했고, 시선은 땅에 둔 채 아픈 다리를 질질 끌며 이삭을 따라 걸었다. 걷는 속도보다 훨씬 더 빠르게 서운함이 눈 굴리듯 커지고 있었다. 아내가 아픈데 계속 걷자고 5km나 끌고 온 것이, 아니 애초에 이런 순례길 신혼여행을 생각한 것부터가 잘못됐다고 마음속 원망과 미움이 덕지덕지 붙은 눈덩이는 점점 커져 갔다. 보도블록 무늬만 보며 걸은 지 몇 분이 지나고 버스 정류장을 겨우 찾아 벤치에 걸터앉았다. 나를 벤치에 앉혀 두고 이삭은 바쁘게 돌아다니기 시작했다. 이삭은 택시 회사 전화번호를 찾아 알고 있는 프랑스어를 섞어 가며 통화를 하고, 버스 노선과 시간표를 확인했다. 나 혼자 가만히 앉아 바삐 움직이는 이삭을 보고 있자니 울분으로 울기 직전이던 나는 좀 멋쩍어졌다.

10분만 기다리라던 택시는 40분이 지나도 오지 않았고, 다시 건 전화에 택시 기사는 대꾸도 없이 끊어 버렸다. 결국 우리는 한 시간에 한 번 오는 버스를 기다려 다시 출발했던 깔레로 돌아와 숙소를 잡았다. 이삭은 버스 탈 때부터 숙소에 도착할 때까지 자기 배낭에 내 배낭까지 당연한 듯 메고 걸었다. 그리고 이삭도 많이 지쳤을 텐데 저녁까지 사 오는 걸 보고 있자니 내 눈가에 다른 의미로 또 눈물이 핑 돌았다. 무릎이 아프다는 나를 보고 숙소 주인은 호랑이 연고를 건네줬다. 타지에서 만난 호랑이 연고와 연고를 발라 주는 이삭의 걱정스러운 눈빛에 서운했던 마음은 사르르 녹고 말았다.

CIGENA

첫 번째 캠핑

프랑스 깔레(Calais) - 긴느(Guînes)
5km, 3시간

나는 서울에서 태어나 한평생을 서울에서 살았다. 그중 아파트에서만 살았던 내 유년 시절 놀이터는 푸릇푸릇한 들판보다는 인공 모래가 깔린 공원과 검은색 콘크리트 바닥이었다. 반면 이삭은 일곱 살 때 이민 간 미국에서 앞마당에 있는 나무를 오르고, 바위 위에서 호수로 다이빙하는 것을 놀이 삼아 자랐다. 그래서인지 순례길을 걷는 지금, 나는 캠핑을 꺼렸고 이삭은 그런 내 눈치를 보며 배낭에 묶인 텐트 펼칠 기회를 호시탐탐 노렸다. 하지만 그런 이삭도 우리의 첫 캠핑이 이런 식일 줄은 몰랐던 듯했다.

오늘 하루는 내 무릎 회복을 위해 쉬기로 했다가 뒤늦게 내일 조금이라도 덜 걷기 위해 움직였다. 버스를 타고 시내를 지난 다음, 숲속 캠핑장까지 걸어가서 캠핑하는 것이 우리의 계획이었다. 버스에서 내린 우리는 캠핑에 필요한 물품 몇 가지를 사기 위해 마트로 갔다.

순례길에서 들리게 되는 마트는 항상 신이 나고 좋았다. 눈치 보지 않고 화장실을 사용할 수 있었고, 쇼핑 카트가 잠깐이나마 무거운 배낭을 대신 옮겨 주기도 했으며, 다 살 수는 없지만 다채로이 진열된 음식을 보는 것만으로도 마음이 채워졌기 때문이다. 이것저것 둘러보긴 했지만 결국 카트에 담은 물건들은 아주 소소했다. 라면과 부탄가스 그리고 생수 두 병이 다였다. 항상 한 끼는 빵과 햄, 과일을 먹던 터라 다른 걸 먹어 보고 싶기도 했고, 날이 아직 쌀쌀해서 뜨끈한 국물이 생각나 고민 끝에 고른 저녁 메뉴였다. 그동안 낑낑대며 냄비와 휴대용 버너를 이고 지고 다닌 수고가 빛을 발하는 순간이었다. 우리는 한층 무거워진 배낭을 고쳐 메고 숲속 캠핑장으로 향했다.

날도 흐린 데다 해까지 져서 숲이 더 으스스하게 느껴졌다. 캠핑장까지만 가면 사람들을 만날 수 있으려니 했지만 지도에 표시된 캠핑장이 가까워질수록 주변은 점점 더 고요해졌다. 캠핑장 앞에 도착해서야 우리는 닫혀 있는 문과 꺼져 있는 조명에 이 캠핑장이 꽤 오래전에 문을 닫았음을 알게 되었다. 이미 어딘가로 다시 가기에는 늦은 시간이었다. 우리는 미련이 남아 계속 캠핑장 문을 기웃거렸다. 캠핑장 울타리 안에 지붕과 삼면이 나무 벽으로 둘러싸여 있는 자리가 너무나 탐이 났다. 텐트를 치기에도 알맞아 보였다. 결국 법을 어겨본 적도 없고, 모험적인 일도 좋아하지 않는 내가 이삭에게 먼저 울타리를 넘어가자고 제안했다. 처음에는 이삭이 흔쾌히 수락하지 않았지만, 갈 곳도 없고 배까지 너무 고팠기에 우리는 울타리를 넘어가 본격적으로 자리 잡고 텐트를 치기 시작했다. 간단하게 칠 수 있는 텐트지만 아직 몸에 익지 않아서 우리는 한참을 헤맸다. 바닥으로 부는 으스스한 바람에 모래가 사르르 쓸려 갔다. 그래도 오두막 안에 놓인 우리의 완성된 텐트는 꽤나 아늑했다.

　　"이 정도면 나쁘지 않아!"
　　"이제 따뜻한 라면만 먹으면 되겠다!"

　우리는 들뜬 마음으로 휴대용 버너와 부탄가스를 꺼냈다. 나는 부랴부랴 냄비를 꺼냈고, 이삭은 휴대용 버너에 부탄가스를 넣었다. 그 순간이었다.

'푸시식~'

가스가 새고 있었다. 당황한 이삭이 버너에 애먼 흠집을 내 가며 입구를 맞춰 봤지만 될 리가 없었다. 푸시식 가스 새는 소리와 함께 라면을 먹을 수 있다는 꿈도 사라졌다. 습한 날씨로 나무토막들이 다 젖어서 불을 피우는 것도 불가능했다. 라면 하나 먹겠다고 물 4kg을 배낭에 더 얹어 낑낑대며 왔는데 참으로 절망스러운 상황이었다. 불 피우기를 포기하고 어두운 숲속 텐트 안에서 손전등을 켜 놓고 둘이 앉아 생라면을 부셔 먹었다. 손톱에는 아직 떨어지지 않은 웨딩 네일 큐빅이 반짝거렸다. 문 닫은 캠핑장, 생라면, 웨딩 네일은 참으로 이상한 조합이었다. 불량 부탄가스를 골라온 장본인 이삭은 연신 내게 미안하다고 했다. 그렇지만 뭐랄까. 한두 개가 잘 안되면 짜증이 났을 텐데, 되는 게 하나도 없으니 웃음이 났다. 생라면도 오랜만에 먹으니 맛있었고 어쨌든 우리는 텐트 안에 들어와 있었다. 따지고 보면 나쁠 것도 없다고 우리는 낄낄대며 그날 밤을 보냈다.

약 3개월의 순례길 신혼여행이었지만 여행을 마치고 보니 우리는 몇 년은 함께 보낸 듯한 부부가 되어 있었다. 길을 걸으며 24시간 내내 붙어 있었던 탓에 1년 치 싸움을 3개월 동안 다 한 것 같지만 그만큼 우리는 더 단단해졌다. '이 사람과 함께라면 행복하겠구나'가 결국 우리 순례길의 결론이었는데, 그 결론에 도달하게 된 많은 순간들 중 하나가 그날 밤이었다.

눈물 젖은 에클레어

프랑스 긴느(Guînes) - 릭끄(Licques)
14.9km, 7시간

우리 나름의 자료 조사에 따르면, 보통 순례자들은 하루에 한 사람당 10~30유로 예산으로 순례길을 걷는다. 가장 많이 참고한 커플 트래킹 블로그에서는 하루에 둘이 합쳐서 20유로 정도로도 생활이 가능하다고 했다. 우리는 신혼여행이니까 너무 고생하지는 말자는 생각으로 하루 예산을 최대 50유로로 잡았다. 50유로면 6만 원 정도인데 사실 이 금액도 둘이서 먹고 자고 하기에는 빠듯했다. 특히 비아 프란치제나 초반부인 영국과 프랑스에서는 순례자용 숙소가 많이 없기 때문에 숙박료가 비쌌다. 우리가 싸운 이유 중 7할은 숙소 때문이었는데, 나는 밥을 제대로 안 먹더라도 하루 마무리로 샤워는 할 수 있는 숙소를 원하는 반면 이삭은 숙소보다는 밥에 투자하고 싶어 했다.

간밤의 캠핑에 우리는 더 꾀죄죄해졌다. 문을 닫은 캠핑장에 몰래 들어갔으니 다른 사람들의 눈을 피해 빨리 나오려고 평소보다 이른 아침을 시작했다. 어제 라면을 끓이려던 물로 간단히 세수와 양치를 하고 길을 나섰다. 푸르른 풀밭 사이 연갈색 흙길, 하얀 기둥이 높이 뻗어 있는 빽빽한 나무숲. 그날따라 마주치는 경치들이 정말 아름다웠다. 어제 저녁도 시원찮게 먹고, 잠도 푹 자지 못했지만 자연이 피로 회복제 역할을 해 준 듯 우리는 처음으로 10km를 빠르게 주파했다. 그리고 오늘의 목적지인 캠핑장이 있는 마을까지 마지막 5km가 남았을 때 우리는 신혼부부 놀이를 하며 천천히 걸었다. 메아리가 울리는 들판에서 꽃도 주고받고, 몸만 한 배낭들 덕분에 서 있기만 해도 하트 모양이 되는 사진을 찍기도 했다. 이렇게 걷다가 놀다가를 반복하는 동안에도 지나가는 사람 하나 없이 자연과 우리뿐이었다.

늦장을 부렸지만 초반에 열심히 걸은 덕분인지 우리는 이른 오후에 마을에 도착할 수 있었다. 우리는 작은 슈퍼에서 맥주 한 캔씩 사서 길가 벤치에 앉았다. 하루 종일 걷고 난 후 벤치에 늘어져 맥주까지 마시고 나니 금방 노곤해졌다. 어제는 야생에서 캠핑을 했으니까 오늘은 샤워도 좀 하고, 푹신한 침대에서 자면 딱 좋겠다고 상상하던 찰나였다. 옆에서 맥주를 마시던 이삭이 불쑥 우리가 그래도 순례자 신분인데 돈을 너무 많이 쓰는 것 같다는 얘기를 꺼냈다. 이 여행을 생각할 때 사실 순례길보다는 신혼여행에 밑줄을 그었던 나였다. 그래서 그런지 몰디브 풀 빌라에서 비키니를 입고 노는 것에 비하면 지금 그저 샤워와 침대를 바라는 게 사치스럽다는 생각이 들지 않았다. 마음은 이렇듯 당당했지만 돈을 아껴 쓰자는 이삭의 기습 공격에 나는 할 말이 마땅히 생각나지 않았다. 공익 광고급의 자명한 메시지를 들고 주장하는 신랑 앞에서 나는 세상 물정 모르는 철없는 새댁이 된 기분이었다. 대화를 나눌수록 내 입꼬리는 점점 내려갔다. 전화였으면 진작에 끊었고, 카톡이었으면 예전에 씹었을 텐데 피할 수 없는 이 상황이 난감했다.

"아, 너무 졸리다. 나 좀 잘게."

나는 대뜸 무릎에 얼굴을 파묻고 낮잠을 청했다. 당연히 잠은 안 왔고, 옆에서 멀뚱히 앉아 있는 남편 발등만 힐끔거렸다. 결국 10분도 안 되어

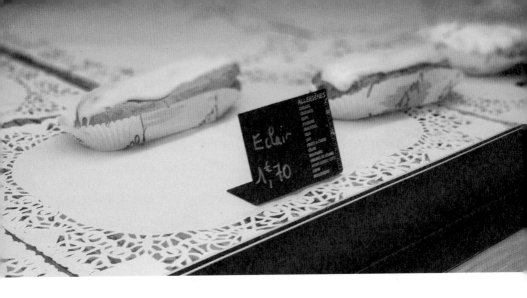

눈을 끔뻑끔뻑 뜨고는 고개를 들었다. 내 딴에는 꿍한 기분을 낮잠으로 감춰 보려고 한 행동이었는데, 이삭이 그걸 눈치 못 챌 리가 없었다. 그리고 우리는 말없이 계속 걷기 시작했다. 작은 마을이라 문을 연 가게도 별로 없었고, 사람도 많지 않은 길을 단둘이 걷자니 숨 막히도록 어색했다. 그러다 골목 귀퉁이에서 작은 빵집 하나를 발견했다. 이삭은 내 손을 잡고 그 빵집으로 들어가 1.7유로나 하는, 우리 기준에서는 사치라 할 수 있는 프랑스 디저트 에클레어를 샀다.

"We can make it. 우리 잘할 수 있어. 단 걸 먹으면 힘이 날 거야!"

이삭이 조용히 속삭이며 에클레어를 건네는데 민망해서 입이 안 열렸다. 밝게 웃는 이삭의 모습에 나는 못 이기는 척 한 입 베어 물었다. 입 안 가득 크림이 퍼지자 갑자기 눈물이 고였다. 이야기 속 나그네의 겉옷을 빨리 벗긴 것은 거친 바람이 아닌 따스한 햇살이었다. 이삭의 따뜻하고 밝은 미소는 어려움이 닥치면 문을 닫고 들어가려고 하는 나를 다시 꺼내 주곤 했다. 진지함을 견디지 못하는 이삭은 에클레어가 너무 맛있어서 우냐며 놀리기 시작했다. 눈물 고인 눈으로 이삭의 등을 때렸지만 시무룩한 기분은 사라졌고 발걸음은 가벼워졌다.

막상 캠핑장에 도착해 보니 텐트를 칠 수 있는 공간뿐만 아니라 나무로 지은 작은 오두막과 대여할 수 있는 카라반도 보였다. 카운터로 보이는 오두막에 앉아서 주인이 오기를 기다리는데 오두막은 70유로, 텐트는 10유로라고 분필로 적혀 있는 표지판이 보였다. 아직 저녁도 먹지 못했는데, 70유로면 이미 예산을 한참 넘은 금액이었다. 그래도 순례자 할인이 있다는 데에 희망을 걸고 주인아저씨를 만났다. 주인아저씨는 오두막 숙박 비용을 30유로로 해 주겠다고 했다. 30유로도 우리에게는 큰 금액이었지만 텐트에서 구겨져 잔 어젯밤을 보상할 겸 숙소 문제로 티격태격했던 부부 싸움도 무마할 겸 오늘 밤은 호사스럽게 오두막에서 자기로 했다.

우리는 순례길을 준비하면서 배낭, 신발, 재킷 심지어 양말까지 똑같은 걸로 같이 주문했다. 당시엔 순례길도 트레킹도 처음이다 보니 어떤 기준으로 사야할지도 몰랐고, 우리가 어떻게 보일지도 몰랐다. 우리는 순례길 내내 촌스럽게도 머리부터 발끝까지 커플룩으로 다녔다. 가끔 만나는 사람들이 얘네 옷이 다 똑같다며 놀릴 때마다 부끄러움은 내 몫이었다. 그렇지만 그날 오두막 바깥벽에 나란히 기대어 흙이 잔뜩 묻은 똑 닮은 두 켤레의 신발을 보고 있자니 내 입가에 미소가 새어 나왔다.

고프로 실종 사건

프랑스 릭끄(Licques) – 두어넴 술라 헴(Tournehem-sur-la-Hem)
12km, 10시간 30분

우리는 하루씩 돌아가면서 그날의 길 찾기 리더가 되었다. 오늘의 리더는 나였는데 옳은 길임에도 길이 점점 젖어가더니 결국에는 완전히 진흙탕을 걸어야 했다. 어지간한 일에도 긍정적인 이삭은 우리 신발이 고어텍스라서 방수가 잘 된다며 첨벙첨벙 걸었고, 덕분에 나도 덩달아 신이 나서 엉망이 된 우리 신발 사진도 찍고 농담도 주고받으며 걸었다.

진흙탕을 지나고 나니 가파른 언덕이 나왔다. 양말도 말릴 겸 우리는 잠시 쉬며 고프로로 영상을 찍었다. 그리고 다시 심호흡 한번 하고는 길을 오르기 시작했다. 조금이라도 덜 걷겠다고 중간에 길을 끊어 가파른 경사를 오르기도 하면서 1시간쯤 더 걸었을 때 이삭이 당황함이 섞인 얼굴로 말했다.

"내 고프로 어디 갔지?"

배낭 옆 주머니에 넣어 뒀던 고프로가 사라진 것이다. 우리 둘 다 몇 km를 돌아가야 할지, 어디쯤에서 잃어버렸는지 감도 안 왔다. 미국 친구들이 멀리서 돈을 모아 신혼여행 잘 기록하라고 사 준 의미 있는 카메라였기에 가방을 내려놓고 찾으러 돌아가 보겠다는 이삭을 차마 말릴 수가 없었다. 허허벌판에서 바람을 맞으며 옷을 여며 쥐고는 이삭을 기다렸다. 한 시간 정도 지났을까. 저 멀리서 뛰어오는 이삭이 보였다. 꽤 멀리까지 돌아가 봤지만 결국 고프로를 찾지 못했다는 이삭의 얼굴엔 상심이 가득했다. 일단 우리는 내일 다시 생각해 보기로 하고, 해가 더 지기 전에 서둘러 숙소를 찾으러 마을로 향했다.

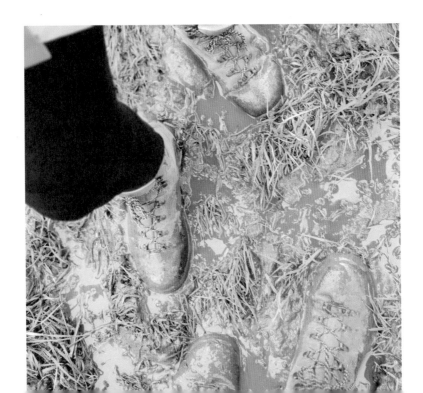

　진흙탕을 걸어서일까. 며칠 전 조금씩 시큰거렸던 발목은 이제 절뚝거
릴 정도로 아팠다. 마을에 가까워졌을 때 시간은 벌써 저녁 8시였다. 아직
숙소는커녕 저녁도 먹지 못했다. 이러다 또 숲속에 텐트를 쳐야 하는 건 아
닌지 걱정하다가 일단 배부터 채우자는 생각에 눈에 보이는 한 식당으로
들어갔다. 그런데 우리가 들어간 식당은 식사가 아닌 간단한 크래커와 술
을 파는 바였다. 낙담한 우리 모습을 본 주인아주머니는 감사하게도 바깥

에서 음식을 사 와 여기서 먹어도 좋다고 해 주셨다. 그렇게 간단히 식사를 하고 난 뒤 오늘 숙소는 어쩌나 고민하고 있는데, 그때 벽에 걸린 사진 하나가 눈에 들어왔다. 주인아주머니가 한 무리의 사람들과 함께 오토바이를 타고 찍은 사진이었다. 푸근한 인상의 아주머니였기에 그 모습이 두 배로 멋졌고 우리는 휴지에 그림을 그려 가며 보디랭귀지로 아주머니와 담소를 나누었다. 이런저런 이야기를 하면서 아주머니 이름이 니콜이고, 비아 프란치제나를 잘 알고 있다는 것 그리고 아주머니도 순례자였다는 사실을 알게 되었다.

그렇게 한참 이야기를 나누다가 잠깐 화장실을 다녀왔는데, 외부에 있는 화장실로 연결되는 작은 뒷마당이 눈에 들어왔다. 우리 텐트가 딱 알맞게 들어갈 크기였다. 나는 재빨리 자리로 돌아와 이삭과 남은 음식을 마저 먹으며 긴급회의를 했다. 텐트 치기 딱인 공간이기는 하지만 너무 실례인 것 같다는 이삭의 말에 우리는 이 정도 배려도 감사한 일이라고 의견을 모았고, 그렇게 우리는 바를 나왔다. 하지만 프랑스 작은 마을의 광장은 너무 어두웠고, 벌써 시간은 밤 10시였다.

누가 먼저랄 것도 없이 뒤를 돌아 다시 바로 향하는 데는 단언컨대 1초
의 망설임도 없었다. 바 문을 열고 다시 들어갔을 때, 영업을 마감하며 여
기저기 정리하던 니콜은 놀란 표정으로 우리를 보았다. 순례길에서 돌아
온 지 3년이 지난 지금도 또렷이 떠오르는 몇 가지 장면이 있다. 그중 하
나가 바로 이 장면, 니콜에게 손짓 발짓으로 "뒷마당에 텐트를 쳐도 될까
요?"라고 물어보자 환한 미소와 함께 "Yes"라고 하며 우리를 반겨 주던 니
콜의 모습이다. 죄송하고 감사해 어쩔 줄 모르는 우리에게 오히려 니콜은
너무 춥지는 않을까 하는 걱정과 함께 아침에 떠날 때 열쇠를 두고 갈 장
소를 친절하게 알려 주고는 집으로 돌아갔다.

내일은 카메라를 찾기 위해 다시 걸어온 길을 되돌아가야 하는 김빠지는
하루가 기다리고 있었지만 어쩐지 예감이 좋았다. 니콜이 보여 준 배려와
고마움에 날은 추웠지만 텐트에 누운 우리의 마음은 밤새도록 따뜻했다.

순례자 맞아요?

프랑스 두어넴 술라 헴(Tournehem-sur-la-Hem) - 위스끄(Wisques)
10km(히치하이킹과 택시로 이동한 거리 제외), 5시간

사람들은 보통 순례길을 걷는다고 하면 처음부터 끝까지 발로 걷는 여정을 생각한다. 많은 순례자들도 전체 여정을 걸어서 완주한다는 데 의미를 둔다. 이삭도 끝까지 도보로 마치는 것에 로망이 있었다고 했다. 그러나 앞서 말했듯이 순례길이라 쓰고 신혼여행이라 읽는 이 여정은 많은 것에 예외를 만들었다. 그리고 나는 좋게 말하면 융통성 있고 나쁘게 말하면 갈대 같은 성격이라 순례길 중에도 바퀴 달린 현대 문명의 도움을 전혀 꺼리지 않았다. 그러다 보니 우리는 순례길을 걷는 동안 여러 가지 이동 수단을 체험해 보곤 했는데, 오늘은 히치하이킹과 택시였다.

어제 잃어버렸던 고프로를 찾으러 돌아가야 했기 때문에 새벽 6시 반에 일어나 텐트를 부랴부랴 정리했다. 어젯밤 우리는 사진을 뒤적거리다 언덕길을 올라가던 시점까지는 고프로가 이삭 배낭 옆에 잘 꽂혀 있었다는 것을 발견했고, 일단 언덕길의 윗부분까지 돌아가서 찾아보면 되겠다고 계획을 세웠다. 우리는 바에서 나와 니콜이 말해 준 장소에 열쇠를 넣어 두고 다시 걷기 시작했다.

이른 아침, 안개가 자욱하게 껴서 몇 미터 앞도 내다보기 어려웠다. 이 길에는 버스도 마땅히 없고 택시도 얼마나 기다려야 탈 수 있을지 알 수 없어 우리는 일단 차도를 따라 걸어 보기로 했다. 길을 나서긴 했지만 거의 반나절 동안 걸어왔던 10km를 다시 돌아가야 한다는 사실이 막막했다. 오늘의 목적지까지는 온 길을 되돌아갔다 오는 것을 포함해 총 40km 정도를 걸어야 했는데, 아직 하루에 20km도 안 걸어본 우리에게는 불가능에 가까웠다. 어느 정도 체념한 채 차도를 따라 걷다가 드문드문 지나가는 차를 보며 우리는 잠시 고민 후 엄지손가락을 들었다. 난생처음으로 히치하이킹을 시도해 보기로 한 것이다.

손만 흔들어서는 보이지 않을 것 같아 우리는 들고 있던 워킹 스틱을 허공에 저어가며 지나가는 차들을 잡기 시작했다. 평일 아침이었으니 대부분 출근하는 사람들이었을 테다. 출근길에 배낭여행하는 외국인들을 태워 주는 건 사실 나라도 안 할 것 같았다. 그래도 발레리부터 니콜까지 우리가 받았던 호의들 덕분인지, 우리는 용기 있게 안개 속에서 힘차게 워킹 스틱을 저었다.

드디어 자동차 한 대가 우리 앞에 섰다. 우리는 혹시라도 떠날까 봐 등 뒤에 배낭이 왼쪽 오른쪽으로 덜컹되도록 뛰었다. 조심스레 인사를 하고 우리의 이야기를 들은 그분은 우리를 흔쾌히 태워 주셨다.

"혹시 어제 니콜 바에서 잔 신혼부부 아니에요?"

알고 보니 그분은 니콜 아주머니와 아는 사이였다. 오늘 아침, 바에 들렀는데 니콜이 이런 일이 있었다고 말해 주었다면서 우리를 만난 게 신기하다고 했다. 우리도 우연히 히치하이킹에 성공해 얻어 탄 차에서 우리를 아는 사람을 만났다는 사실이 너무나 신기했다. 니콜과의 인연이 오늘 아침까지 이어지고 있었다. 우리는 짧게 비아 프란치제나에 대해 이야기를 나눴고, 그분은 목적지에 우리를 내려 주고 떠났다.

연달아 이어진 호의 덕분에 오전 중에 어제의 언덕길 초입에 도착했고, 불쌍한 미아가 되어 수풀 속에서 우리를 기다리고 있을 고프로를 찾으러 언덕길을 올랐다. 소중한 선물을 찾을 수 있을 거라는 생각에 마음이 급해진 이삭이 먼저 달려 나갔다. 얼마 지나지 않아 어제 허허벌판에서 뛰어오던 모습과는 다르게 멀리서부터 밝게 웃으며 고프로로 셀프 비디오를 찍고 있는 이삭의 모습이 보였다. 이삭은 고프로를 찾은 것도 기쁘지만, 잃어버리고부터 다시 찾을 때까지 우리가 받았던 도움들과 서로를 탓하지 않고 함께 찾으러 온 이 모든 시간들이 정말 가치 있는 경험이었다고 말했다. 그렇게 이삭의 짧은 연설을 마지막으로 고프로 실종 사건을 마무리하고 본격적인 오늘의 길을 시작했다.

비아 프란치제나가 가톨릭에서는 꽤 유서 깊은 순례길이다 보니 길 간
간히 있는 수도원에서 잘 수 있는 기회가 생기기도 한다. 어떤 곳들은 무료
로 숙소를 내어 주기도 하고, 또 어떤 곳들은 최소한의 금액만 받고 숙소와
숙식까지 제공해 주기도 한다. 수도원 특유의 검소하지만 정갈한 정성스
러움이 식사와 숙소에서 한껏 느껴지기 때문에 수도원은 순례자들이 선호
하는 숙소 중에 하나다. 어젯밤은 작은 바의 뒷마당 텐트에서 오들오들 떨
면서 잤지만 오늘은 순례길을 시작하고 처음으로 수녀원에서 잘 수 있는
날이라 마음 한편에 기대감이 차올랐다.

수도원까지는 지금 있는 곳에서 30km 정도를 더 걸어야 했는데, 이미
시계는 12시를 향해 가고 있었다. 우리는 자기 합리화를 하며 택시를 부르
기로 했다. 더불어 숙소를 못 구해 허덕였던 지난밤을 교훈 삼아 택시를 기
다리는 동안 내일 머물 순례자 숙소도 미리 예약해 두었다. 며칠 전 해안가
에서 택시를 잡았을 때처럼 택시는 30분이 지나도록 오지 않았다. 이삭은
최근 통화 목록에서 번호를 찾아 전화를 걸고는 대체 택시가 언제 오는 거
냐고 목소리를 높였다. 그런데 대답이 좀 이상했다.

"*Are you not that pilgrim?*"
아까 그 순례자 아니에요?

택시 회사가 아니라 내일 예약해 둔 순례자 숙소에 전화를 걸었던 것이었다. 수화기 너머 숙소 주인의 말이 이런 뉘앙스는 아니었을 테지만 우리에게는 '너네 순례자가 맞기는 한 거야?'라고 들렸다. 히치하이킹도 하고 버스도 타는 날라리 순례자지만 순례자가 택시 찾는 전화를 그것도 왜 안 오냐며 화를 내며 전화했다는 것이 퍽 부끄러웠다. 멋쩍음을 감추려 우리 둘 다 크게 웃었지만 내일 숙소 주인을 만나는 순간이 괜히 걱정되기 시작했다.

   여차저차 택시를 타고 목적지에서 10km 정도 떨어진 마을에 도착했다. 그 마을에서 점심을 먹고 오후에 남은 10km를 부지런히 걸어 수도원에 가겠다고 우리 나름대로 타협했기 때문이었다. 만만치 않은 택시비를 내고 시작한 오늘의 길은 드디어 봄이 왔음이 느껴지는 길이었다. 날씨도 많이 포근해져서 더 이상 칼바람을 맞으며 점심을 먹지 않아도 됐다. 택시의 힘을 빌린 덕분에 시간도 여유로워서 중간에는 햇살을 맞으며 들판에다 텐트를 펴 놓고 낮잠도 잤다.

이제 걷기에 익숙해져서인지 10km 정도는 가뿐히 걸어 저녁이 되기 전에 수도원에 도착했다. 오늘 도착한 수도원은 노트르담 수녀원으로 베네딕토회에 속한 봉쇄 수도원이었다. 볼 수 있도록 허락된 장소는 예배당과 식당뿐이었음에도 우리는 곧장 성스러운 어떤 기운에 둘러싸였다. 오래된 대성당에 들어가면 만나게 되는 높은 천장, 화려하지 않지만 정교한 스테인드글라스, 어두운 성당 안 창문에서부터 바닥까지 보이는 햇빛 그리고 발걸음 소리만이 울리는 고요함은 우리를 엄숙하게 만듦과 동시에 편안하게 했다. 공간이 주는 분위기뿐 아니라 오직 신만을 위해 벽 안에 스스로를 가둔 사람들의 장소라는 사실이 더 우리의 마음을 울렸다.

우리는 숙소를 관리하는 수녀님과 만나서 인사를 나눴다. 알이 작은 안경 너머 인자하고 따뜻한 눈빛이 전해지는 글라라 수녀님은 이 수녀원에서 40년 넘도록 지내며 순례자들을 맞이하고 계셨다. 나중에 알게 된 사실이지만 이 근방의 순례자 숙소 주인들은 모두 글라라 수녀님을 알고 있을 만큼 수녀님은 이 지역의 대모 같은 분이었다. 수녀님은 원래 남자 순례자는 수녀원 바로 밑에 있는 남자 수도원에 머물러야 하지만 우리가 부부인 것을 알고서 수녀원에 함께 머물 수 있도록 배려해 주셨다. 도착한 방에는 벽난로와 소파 옆으로 찻잔과 주전자가 준비되어 있었고, 포근한 두 개의 침대가 나란히 있는 소담스러운 공간이었다. 우리는 따뜻한 물로 샤워도 하고 차도 한잔 마시며 일기도 쓰는 여유를 누렸다.

Day 9.

방수가 아니어도 괜찮아

프랑스 위스끄(Wisques) – 떼루안(Thérouanne)
16km, 6시간

아침부터 비가 조금씩 오기 시작했다. 아침 식사를 하고 미사를 드릴 때까지만 해도 굵지 않았던 빗방울이 길을 걸을수록 거세어지기 시작했다. 순례길을 시작하고 처음으로 비를 맞으며 걸었던 길이라 비닐 바지를 덧대어 입은 후 'water-resistant'라는 비옷을 믿고 배짱 좋게 길을 떠났다. 하지만 우리가 아는 방수는 'water-proof'였고, 'water-resistant'는 겨우 생활 방수쯤 되었다. 바람막이 비옷이 쫄딱 젖어 안에 입은 플리스까지 보이게 되는 데는 오래 걸리지 않았다. 찝찝하긴 했지만 보슬보슬 내리는 봄비가 이제 막 푸릇해지고 있는 잔디 언덕을 더 푸르게 하는 걸 보며 걷는 길은 꽤나 행복했다.

비라는 것이 참 그런 것 같다. 안 맞으려고 우산으로 요리조리 피하다 결국 젖어 버린 머리칼이나 바짓단은 그렇게 사람을 찝찝하고 불쾌하게 하는데, 그냥 맞으려고 마음먹고 빗속에서 놀면 그렇게 신날 수가 없다. 조용필의 바운스, 피치퍼펙트 OST 같은 댄스 음악을 들으며 통통 걸으니 우리의 발걸음도 뽀송뽀송해진 것만 같았다. 길을 걷다 만난 마을에서 프랑스식 백반집에 들어가 점심을 챙겨 먹기도 하고, 버스 정류장을 발견해 잠시나마 비를 피하기도 한 오늘은 진흙 밭을 지나 16km를 걸었지만 더 필요한 것이 없다고 느낄 만큼 행복한 길이었다. 어제 히치하이킹도 하고 택시도 타서 사실 우리 스스로 순례자가 맞는지 좀 찔리던 차였는데, 오늘은 비까지 맞으며 길을 걸으니 진짜 순례자가 된 것 같았다. 곧 도착할 숙소 주인에게 어제 우리가 택시를 탔다는 걸 들켰지만, 오늘은 이렇게 비를 맞으며 걸어왔으니 그나마 어깨 펴고 숙소에 갈 수 있겠다며 마음이 좀 떳떳해졌다. 기쁘게 걸어서 그런지 어제 예약해 두었던 떼루안의 순례자 숙소 에덴에 도착했을 때는 오후 4시가 채 되지 않았다.

　순례자 전용 숙소를 써 본 것은 에덴이 처음이었는데, 에덴은 순례자가 아니더라도 별 다섯 개짜리 숙소라 할 만한 곳이었다. 어제 우리와 통화했었던 숙소 주인아저씨 알란은 사람 좋은 웃음과 함께 오늘의 유일한 손님인 우리를 반갑게 맞아 주셨다.

　알란은 오늘 비가 많이 와서 걱정하고 있었는데 오느라 고생했다고 하며 어느 나라에서 왔냐고 물어보셨다. 한국에서 왔다고 하니 숙소 한편에 놓여 있는 커다란 세계지도를 가리키며 각 나라에서 왔다 간 순례자들이

핀으로 자기 나라를 꽂아 두고 가는데, 한국 사람은 우리가 처음이라고 했
다. 왠지 더 뿌듯한 마음으로 핀을 꼽고 우리는 그 앞에서 기념사진을 찍었
다. 그리고 떠날 때 쓰고 가라며 게스트 북도 보여 주셨는데, 우리가 올해
의 첫 순례자라고 했다. 그때까지 아무리 추운 날씨라지만 단 한 명의 순례
자도 길에서 만나지 못하는 걸 보고 우리가 시기를 좀 잘못 잡았구나 하고
짐작만 하고 있었는데, 짐작이 확신이 되는 순간이었다.

지금까지 우리의 낯선 천사들은 한결같이 인상이 좋은 분들이었는데, 알란 아저씨도 장난기가 살짝 보이는 인자한 미소를 가진 분이었다. 한쪽 다리가 조금 불편한 알란은 마음 같아서는 길에서 순례자들을 만나며 캔터베리부터 로마까지 완주하고도 남았을 텐데, 그게 어려우니 이렇게 대리만족을 하고 있다고 했다. 그렇게 이런저런 이야기를 나눈 뒤 알란이 돌아가고, 잠시 후 누군가 다시 문을 두드렸다. '또 다른 순례잔가?' 하면서 문을 열자 한 손에 와인을 든 알란이 서 있었다. 우리가 허니문으로 순례길을 왔다고 하니 허니문에는 와인이 필요하지 않겠냐며 화이트 와인 한 병을 건넸다. 우리도 못 챙기고 있는 신혼여행을 대신 챙겨 주는 따뜻한 마음에 감동이 밀려왔다. 감사한 마음에 뭐라도 보답하고 싶어 이것저것 여쭤봤지만, 알란은 그저 로마에 도착하면 엽서 한 장만 보내 주면 좋겠다고 했다. 아무래도 순례길 초입에서 만나다 보니 순례길 마지막 도시 로마에 도착하고 나면 순례자들이 많이 잊는 것 같아 아쉽다고 했다. 우리는 로마에 도착하면 꼭 알란에게 엽서 한 장을 써 주기로 약속하며 해가 질 때까지 담소를 나눴다.

　알란이 돌아가고 우리는 저녁으로 뭘 해 먹을지 고민했다. 오늘 저녁은 시간도 넉넉하고 부엌도 준비되어 있으니, 결혼 생활 처음으로 집밥을 만들어 먹어 보기로 했다. 다행히 프랑스의 식료품은 비싼 편이 아니었고, 빗속에서 하루 종일 걸어 배도 고팠던 우리는 양껏 욕심을 부리기로 했다. 두툼한 고기에 당근, 양파, 모차렐라 치즈 덩어리, 토마토 그리고 샐러드를 장바구니에 가득 담아 집으로 돌아왔다. 서툰 두 요리사는 한참 걸려 스테이크, 카프레제, 구운 야채와 빵을 접시에 담고 냅킨까지 요리조리 접어서 포크에 끼워 세팅한 다음 이 식탁의 격을 높여 줄 알란이 준 와인을 잔에 따랐다. 티셔츠에 추리닝 바지, 슬리퍼 차림이었지만 기분만은 호텔에서 슈트와 드레스를 입고 먹는 식사와 다름없었다.

불행을 받아들이는 방법

프랑스 떼루안(Thérouanne) – 아메츠(Amettes)
21km, 8시간 45분

우리는 용감하고 무식하게 딱 한 번의 연습만 마치고 순례길에 올랐다. 주인을 잘못 만난 우리의 몸은 처음 며칠간 참 많이도 힘들어했다. 하지만 죽으라는 법은 없듯이, 매일매일의 여정 안에서 우리 몸도 나름대로 순례길에 착실히 적응해 가고 있었다. 당시 우리 가방 무게는 둘이 합쳐 30kg. 우리나라 육군들의 완전 군장 행군 무게는 여름철 16.5kg, 겨울철 20kg이라고 한다. 거칠게 말하자면 우리는 매일 반쪽 행군을 하고 있는 셈이었다. 하지만 이제는 그 무게도 가볍게 느껴졌고, 걷는 속도도 초반보다는 많이 빨라졌음을 매일의 기록이 말해 줬다. 가방 무게를 거의 다 지탱하고 있는 골반 부분에는 이미 24시간 멍이 들어 있었지만 순례자의 훈장 같은 느낌이라 지워지지 않기를 바라기도 했다.

오늘 오전은 멈추지 않는 강한 비로 긍정적인 마음가짐을 유지하기가 꽤나 어려웠다. 어제 세탁기와 건조기로 뽀송하게 빨아 놓았던 옷이 빗물로 속옷까지 쫄딱 젖었고, 신발에는 진득한 진흙이 달라붙어 모래주머니를 달고 걷는 기분이었다. 두 시간 내리 거센 빗줄기를 맞자 자꾸 처지는 분위기를 전환하기 위해 나는 이삭에게 노래라도 들으며 가자고 제안했다. 하지만 빗소리를 들으면 자연 속을 걷는 것 같아 좋다는 이삭의 말에 내 바람은 물거품이 되었다. 비를 좋아하는 이삭의 마음은 이해하지만 노력이 좌절되니 몸이 젖은 솜처럼 더 무거워지는 느낌은 어쩔 수 없었다. 게다가 오늘의 길 찾기 담당은 나였다. 조금이라도 길을 줄여 보고 싶어서 지름길로 걸었지만 어쩐지 길이 점점 더 이상해졌다. 결국 우리는 엄청난 경사의 언덕을 마주하고 그 앞에 멈춰 섰다. 다시 되돌아갈까 고민도 했지만 그러기엔 이미 너무 먼 길을 와 버려 그럴 수도 없었다. 별다른 선택지가 없었던 우리는 진흙 언덕을 기어 올라가기 시작했다.

기어 올라가 도착한 그곳은 모래를 파는 채석장이었다. 더군다나 우리가 가려던 방향대로면 철조망도 넘어가야 했다. 우리가 이 며칠 만에 불법으로 넘은 철조망만 몇 개인지 모르겠다. 안 그래도 힘든데 이상한 곳으로 이끌었다는 죄책감에 고개를 푹 숙이며 걷고 있는데, 이삭이 고프로를 켜고는 밝게 달려왔다. 그리고 리나가 며칠 만에 엄청 도전적으로 바뀌었다며 자랑스럽다고 말했다. 조금도 나를 탓하지 않고 오히려 나를 칭찬하며 분위기를 밝게 하는 이삭의 모습에 나는 발에 달렸던 모래주머니를 하나 둘 떨어뜨렸다.

　점심을 먹기 위해 비 피할 곳을 찾아 헤매다 앞쪽에 조그마하게 나 있는
문과 양쪽에 작은 창문 2개가 있는 나무로 만들어진 작은 오두막 같은 버
스 정류장을 발견했다. 그 작은 버스 정류장에 앉아 창문 밖으로 비 내리는
것을 보며 점심을 먹고 나니 이삭이 말했다.

　　"우리 순례길 플레이리스트 만들어 보자! 나중에 이 노래들을 들으면
　순례길 생각이 막 새록새록 나지 않겠어?"

오후의 발걸음은 훨씬 가벼웠다. 폭우는 계속되었지만 중간중간 걷다가 쿠키로 당을 충전하고, 속도가 너무 느려지기 전에 한 박자씩 쉬어 갔다. 그러는 동안 꾸준히 목적지는 가까워졌다. 드디어 비가 잦아들 때쯤, 우리는 털이 복슬복슬한 꼭 카펫을 닮은 개 루루가 있는 오늘의 숙소에 도착했다. 루루는 순례자들을 많이 만나 봐서 그런지 짖지도 않았고 그렇다고 너무 빠르게 가까이 오지도 않았다. 마치 새로운 사람을 어떻게 만나야 하는지 잘 알고 있는 듯 우리 주변을 맴돌았다. 강아지를 무서워하는 나도 같이 사진 하나 남기고 싶을 만큼 친근감이 가는 강아지였다.

루루가 맞아 준 오늘의 숙소는 순례자들을 위해 한 농부 부부가 꽤 오랫동안 운영하고 있는 B&B bed and breakfast, 영어권 국가에 있는 숙박 시설 였다. 우리는 저녁 식사에 초대되어 저녁을 함께 했는데, 놀라운 이야기를 듣게 되었다. 무려 1,000명이 넘는 순례자가 이곳에 머물다 갔다는 것이었다. 할머니는 초롱초롱한 눈빛으로 이곳을 지나갔던 많은 순례자들의 사진과 방명록을 보여 주셨다. 할아버지와 할머니부터 고모, 삼촌, 갓난아이까지 온 가족이 비아 프란치제나 길을 걷기 시작해서 로마에 도착할 때는 아이가 걸음마를 시작해 함께 걸어서 들어갈 수 있었다는 이야기. 그리고 불편한 다리로 휠체어를 타고 캔터베리부터 로마까지 완주했다는 한 여자분의 이야기는 경이롭기까지 했다. 할머니는 괜찮다면 우리 사진도 찍어서 한국에서 신혼여행으로 이 길을 걸었던 순례자 이야기를 남기고 싶다고 하셨다. 우리의 이야기를 이 길 위에 더할 수 있다는 것이 영광일 따름이었다.

아침부터 쉽지 않았던 하루였지만 이삭과 함께 이 길을 걷고 있고, 그 발자국을 함께 남겨 간다는 생각에 참 행복했다.

배낭 하나에 인생을 담는 법

프랑스 아메츠(Amettes) - 빌라 샤틀(Villers-Châtel)
27km, 9시간 20분

순례길은 하루 평균 25km를 걸어야 하기에 짐 무게를 알맞게 맞추는 것이 중요하다. 보통 권장하는 무게는 남자는 11~13kg, 여자는 8~9kg 정도다. 우리가 순례길을 위해 가장 먼저 구입한 장비는 침낭이었다. 우리는 영하 10도에서도 따뜻하고 두 개의 침낭 지퍼를 연결하면 커다란 하나의 침낭이 된다는 제품을 발견했다. 신혼의 단꿈을 꾸었던 우리는 마지막 설명에 특히 흥분하며, 무려 미국에서 결혼식 참석을 위해 오는 친구에게 부탁해 그 침낭을 구매했다. 그렇게 도착한 침낭은 하나에 무게가 3kg이 넘었고 부피가 배낭의 반을 차지했다. 결국 눈물을 머금고 집에 있던 낡은 침낭을 가져가기로 하고, 새 침낭은 침대 밑에 묻어 두었다.

이 해프닝에서도 알 수 있듯 우리는 그야말로 맥시멀리스트였는데 순례길 도중에 블로그 포스팅을 하겠다며 노트북을 챙기기도 하고, 파마를 새로 하고 떠나는 거니까 헤어 에센스도 꼭 필요하다고 넣을 정도였다. 그리고 비가 와서 안에 있는 노트북이 젖으면 큰일이니 드라이 백도 구매했는데, 두툼한 비닐로 된 드라이 백은 무게가 꽤나 나갔다. 그렇게 순례길을 한 번이라도 걸었던 사람이 본다면 혀를 내두를 우리 가방은 매일 아침 3L 물을 챙기는 것까지 합해 이삭 것은 20kg, 내 것은 14kg의 무게를 자랑했다. 가방 무게 덕분에 발목과 무릎이 소리 없는 비명을 지르고 있던 찰나, 생초보 순례자 부부는 구세주 존과 마리 부부를 만나게 된다.

오늘의 목적지 빌라샤텔 Villers-Châtel, 성의 마을 이라는 도시는 이름에서도 알 수 있듯이 성을 중심으로 만들어진 마을이었다. 앞서 들렀던 수녀원의 글라라 수녀님이 이 성에 가면 전 세계의 순례길을 여러 번 걸었던 부부가 있는데, 이들이 순례자들을 아주 싼 값에 재워 준다고 하셨다. 우리는 이 부부를 만날 기대감으로 하루를 시작했다. 그리고 오늘은 가톨릭에서 중요한 날, 성목요일 그리스도교에서 예수가 수난을 받은 성금요일의 전날 로 저녁 6시에 함께 미사를 드리기로 약속도 해 두었다.

빌라샤텔까지 가려면 27km, 그러니까 지금까지 하루에 걸었던 거리가 20km 정도인 걸 감안하면 우리에게는 도전인 셈이었지만 오랜만에 만난 화창한 아침에 자신감을 얻어 일단 걸어 보기로 했다. 품에 다 안 들어올 정도로 기둥이 굵은 나무들이 쭉 늘어서 있고 바닥에는 노란 이끼가 껴 있는 신비로운 풍경의 길을 걸으며 한적한 마을을 지났다. 하지만 따뜻한 햇살 아래 새소리를 들으며 오랜만에 평온한 순례길을 걷는가 싶었는데, 오후가 되자 점점 날씨가 흐려지더니 다시 비가 내리기 시작했다. 마지막 3km가 남았을 때는 비가 말 그대로 쏟아지기 시작했다. 이미 지칠 대로 지쳐버린 우리는 쏟아지는 비를 맞으며 터덜터덜 걸었다. 그때 고요하던 벌판 저 멀리서 작은 자동차 한 대가 탈탈대며 우리 쪽으로 왔다. 그 자동차는 우리 앞에 멈춰 서더니 창문을 내렸고, 그렇게 존 아저씨를 처음 만났다.

"오늘 온다는 순례자 커플 맞지요? 비가 많이 와서 미사에 늦을까 봐 데리러 나와 봤어요."

조금 지쳐 가고 있었던 터라 반가운 마음에 '당장 타야지!'라고 생각했 는데 아저씨가 뜻밖에 질문을 던졌다.

"여기서 집까지 그렇게 멀지 않은데 남은 길은 걸어서 갈래요? 아 니면 태워 줄까요?"

순례자로서 오늘의 길을 마저 다 걸어서 완주하고 싶은지를 물어보는 질문이었다. 일부러 여기까지 데리러 나왔음에도 우리를 배려하는 모습에 과연 순례자 고수의 센스구나 싶었지만 날라리 순례자인 우리 둘은 마음 만 받고 냉큼 타기로 했다.

차를 타고 도착한 성은 정말 말 그대로 디즈니에 나오는 성이었다. 하얀색 울타리로 둘러싸인 웬만한 학교 운동장보다도 큰 잔디밭에는 커다란 나무들이 듬성듬성 있었고, 그 중간 군청색 지붕에 회색 벽돌로 지어진 커다란 성이 우리를 반겼다. 우리는 존과 마리 부부와 함께 미사를 드리고 성으로 돌아와서 식당에서 저녁 식사를 함께 했다. 우리는 존과 마리 부부가 들려주는 이야기를 들으며 오랜만에 마음까지 풍족해지는 식사를 했다. 어렸을 때부터 함께 놀던 사이였다는 존과 마리 부부는 커서 함께 삶을 꾸리는 부부가 되었고, 자식들이 모두 독립하고 방만 30개가 넘는 이 큰 성에 오롯이 둘만 남게 되자 그때부터 매해 2000km가 넘는 순례길을 떠났다고 했다. 그렇게 10번이 넘는 순례길을 다녀온 부부는 이제 성에 정착해 이 길을 찾는 순례자들을 위해 각자가 낼 수 있는 만큼의 돈만 받고 숙식을 제공하며 이 성을 열어 놓고 있다고 했다.

식사를 마치고 벽난로 앞에서 우리도 언젠가 순례자들을 위한 숙소를 운영하자며 이런저런 이야기를 하고 있었는데, 존과 마리가 우리 가방을 잠깐 볼 수 있을지 물었다. 낑낑대며 배낭을 끌고 와서 노트북이며 지도책, 드라이 백 등을 다 꺼내어 보여 드리니 두 분은 혀를 끌끌 찼다. 이렇게 걷다가는 로마까지 가기도 전에 몸이 다 망가진다고 짐을 정리해야 한다고 했다. 그제야 왜 얼마 걷지도 않았는데 그렇게 무릎과 발목이 아팠는지 이해가 갔다. 존의 진두지휘 아래 우리는 짐 정리를 시작했다. 드라이 백과

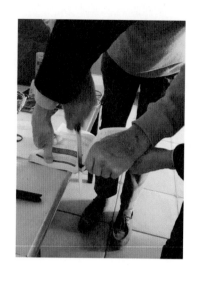 노트북은 가장 먼저 배낭에서 추방당했다. 일기장은 농담반 진담반으로 벽난로에 던져질 뻔했는데 내가 "그것만은 절대 안 돼요!"라고 손사래를 쳐서 내 것만 남겨두기로 했다. 짐 정리의 압권은 지도책에서 이미 지나온 부분은 찢어 버리라며 존이 나무 자르는 칼로 책을 직접 썰어 주는 장면이었다.

짐 정리 외에도 여러 가지 순례길 팁을 전수받았다. 존은 마을 회관에 전화해서 순례자라고 하고 잘 곳을 청하면 마을 회관의 남는 회의실이든 체육관이든 아니면 도움을 줄 수 있는 사람을 연결해 준다고 했다. 물도 처음 출발할 때 하루 마실 물을 다 가져가지 말고, 가는 길에 만나는 집에서 물 좀 얻을 수 있을지 물어보면 되니 500ml 정도만 가지고 출발하라고 덧붙였다. 무턱대고 낯선 사람한테 물을 구하거나, 화장실을 묻거나, 잘 곳을 청하는 일은 살면서 단 한 번도 해 본 적이 없었던 우리가 겁이 난다고 하니 그런 것이 진짜 순례를 하는 것이고 그 과정을 통해서 겸손을 배울 수 있다고 했다. 확실히 존과 마리와의 저녁을 기점으로 우리의 순례 여행은 180도 바뀌었고, 해 보지 않았다면 결코 알 수 없었을 삶의 지혜와 겸

손을 배우는 경험을 할 수 있었다.

　결국 우리 가방에서 마지막까지 살아남은 것은 갈아입을 옷, 물통, 세면도구, 칼, 나침반, 일기장 그리고 침낭과 텐트가 끝이었다. 필요하다고 생각했던 것들을 비워 냈음에도 우리는 이후 순례길 여정 2개월 동안 아무 부족함 없이 지냈다. 돌아온 지 5년이 지난 지금, 아이 둘의 탄생과 함께 짐은 점점 불어났고 이사를 할 때마다 5톤짜리 트럭을 가득 채우는 짐에 놀란다. 그런데도 항상 필요한 것이 생각나고 부족한 것이 보인다. 그럴 때마다 나는 순례길에서의 순간을 다시 한번 되새겨 본다. 5톤짜리 트럭을 채우고도 무언가 더 필요한 지금의 우리가 사실은 배낭 두 개만으로도 아무 문제없이 살 수 있다는 것을.

도움받을 용기

프랑스 빌라 샤텔(Villers-Châtel) — 아라스(Arras)
10km, 4시간

오늘의 목적지인 아라스에서 부활절을 보낼 겸 3일 정도 머물기로 했다. 휴가라는 것이 일상의 의무에서 벗어나는 것이라 한다면, 걷는 게 일상의 의무인 우리에게 한 도시에서 오래 머무는 건 부활절 휴가인 셈이었다.

숙소에서 만난 한 분이 아라스로 가는 길도 알려 줄 겸 함께 걷고 싶다고 해서 약속 시간에 맞춰 짐을 싸 성을 나섰다. 아무리 산책을 좋아한다지만 거의 왕복 40km나 되는 거리를 선뜻 걷겠다고 하는 게 신기했다. 그렇게 만난 잔누벨 아저씨는 '월리를 찾아라'에 나올 것 같은 빨간색 하얀색 줄무늬 모자를 쓰고 파란색 바람막이를 입고 등에는 조그마한 배낭을 메고 오셨다. 동행이 생긴 적은 처음이라 우리 둘 다 신나는 마음으로 함께 걸었는데, 예상대로 잔누벨 아저씨는 완전 걷기 고수였다. 가벼운 발걸음으로 성큼성큼 걷는 잔누벨 아저씨의 걸음 속도를 맞추느라 우리는 지금까지 걸었던 걸음 중에 가장 빠른 속도로 걸어야 했다.

　　잔누벨 아저씨가 안내한 길은 넓은 들판에 나 있는 자그마한 오솔길로
풍경이 참 아름다웠다. 하지만 아름다운 풍경을 감상하는 것도 잠시 줄곧
말썽이던 왼쪽 발목이 점점 아파오기 시작했다. 평소 내 걸음 속도를 맞춰
줬던 이삭은 1시간에 7km나 걷고 있는 오늘 여정에 신이 나 보였다. 이삭
도 아무 무리 없이 잘 따라서 걷고 있고, 거의 초면인 아저씨에게 벌써 약
한 모습을 보여 줄 수는 없었다. 그렇게 한 시간이 더 지나고 내가 다리를

절룩거리며 걷자 이삭이 먼저 괜찮냐고 물어봤다. 이제야 알아준 것이 서운하기도 했지만 아저씨에게 피해 끼치고 싶지 않은 마음이 더 컸다. 하지만 시간이 지날수록 통증이 더 심해져 같은 속도로 따라갈 수 없게 되자 아저씨도 눈치를 채게 되었다.

잔누벨 아저씨는 퉁퉁 부어버린 내 발목을 보고는 안 되겠다며 집에 있는 아내를 부를 테니 함께 차를 타고 가자고 했다. 정말 한 발자국도 내디딜 수 없었던 나는 차마 거절하지 못하고 감사하다고 말할 수밖에 없었다. 차를 타고 도착한 레진 아주머니는 안쓰럽다는 눈빛으로 나를 보셨다. 우리가 'Thank you very much. I'm sorry' 메들리를 부르니 아저씨 아주머니는 유쾌하게 웃으시며 이왕 이렇게 된 거 차를 타고 마을 성터를 구경하러 가자고 했다. 나 때문에 일정이 꼬여 너무 속상했지만 그분들이 보여 준 친절에 몸을 맡기고 같이 흘러가 보기로 했다.

짧은 성터 관광까지 마치고 다시 레진 아주머니의 차에 올라타 아라스로 향했다. 아라스로 가는 길에 이런저런 대화를 나누다 이삭이 무언가 생각난 듯 "앗 우리 비옷 사야 하는데!"라고 말했다. 그러자 잔누벨 아저씨는 마침 우리도 볼 게 있다고 하며 함께 차에서 내려 마트로 향했다. 지금 생각해 보면 진짜 필요한 게 있었던 건지 아니면 우리를 배려해서 그런 말을 해 주신 건지 알 수 없지만 그때 느꼈던 따뜻함은 아직도 기억 속에 남아 있다.

　다른 사람에게 도움의 손을 내미는 것도 쉽지 않은 일이지만, 다른 사람의 도움을 기꺼이 받는 것도 쉽지만은 않다. 특히 나에게 있어 도움받는다는 것은 도움이 필요한 내 처지를 인정하고 자존심을 어느 정도 버려야 가능한 일이었다. 하지만 너무 많은 도움을 받는 것도 염치없고 무례한 일이지만, 애써 내민 도움의 손길을 거절하는 것도 상대방에게 실례가 될 수 있다. 순례길을 걷는 동안 수많은 낯선 천사를 만나고 셀 수 없는 도움을 받았다. 그런 도움을 받을 때면 세상에는 아직 참 좋은 사람이 많다는 것을 알게 됨과 동시에 우리는 도움받지 못하면 살아나갈 수 없는 존재라는 걸 체감하기도 했다.

아라스에 도착해서 존과 마리 부부에게 소개받은 마담 보나일을 만났다. 마담 보나일은 우리가 묵을 숙소를 소개해 줬다. 그곳은 청소년 쉼터 같은 곳이었는데 원래 숙박업을 하는 곳은 아니지만 순례자들에게만 싼 가격에 숙박과 식사를 제공해 준다고 했다. 가는 길에 네모 모양의 커다란 중앙 광장을 걸으며 도시가 정말 예쁘다고 감탄하니 마담 보나일은 어깨를 으쓱하며 아라스가 매년 프랑스에서 가장 살기 좋은 도시에 뽑힌다며 동네 사랑을 듬뿍 보여 주셨다. 그날 저녁, 성금요일 미사를 드리고 맥주 한잔하러 중앙 광장에 들어섰을 때 보았던 야경은 꼭 영화 〈라라랜드〉 포스터 같았다. 깨끗한 남색 밤하늘, 광장을 둘러싼 4층 높이의 건물과 조명은 추레한 차림의 순례자인 우리 둘을 마치 영화배우가 된 듯한 느낌을 들게 했다.

경제적 위기

프랑스 아라스(Arras)

결혼하고 가정을 이루면 연애할 때와는 달리 많은 것이 변한다. 서로의 이야기나 일상뿐 아니라 완전히 사적인 영역도 공유하게 되고, 자잘한 물건들도 함께 쓰다 보니 취향도 비슷해진다. 그 과정이 때로는 서로의 세계를 넓히는 것 같아 기쁘면서도 때론 껄끄럽기도 하고 불편하기도 하다. 부부가 되는 공유의 과정 중에서도 가장 큰 부분은 경제 공동체가 된다는 것이다. 우리는 결혼하고 2주 만에 가정 경제 위기를 맞이하게 되었고, 덕분에 조금 더 부부다워졌다.

아라스에서 머무는 3일 동안 허니문 모드에 돌입한 우리는 돈을 펑펑쓰기 시작했다. 조그만 장이 섰길래 꽃도 구경하고 올리브와 치즈, 소시지도 조금씩 사서 맛보고 피자도 사 먹었다. 김치가 없으면 밥을 먹지 않았던 나는 순례길에서 한식에 대한 그리움 때문에 매 끼니가 괴로웠는데, 아시안 식당에서 비빔밥을 발견하고는 당장 들어가 먹어 보기로 했다. 프랑스에 와서 처음 먹어본 크렘 브륄레 위 설탕을 깨는 것보다 더 설레는 마음

으로 비빔밥 위 노른자를 터트렸다. 평범한 비빔밥 한 그릇이 거의 2만 원이나 했지만 후회 없는 소비를 했다 생각하며 숙소로 돌아왔다.

　오늘은 저녁에 여유도 있겠다 남은 돈과 지금까지 지출 내역을 정리해보기로 했다. 그동안 지출 내용을 기록해 두긴 했지만 꼼꼼하게 체크하지 않았고, 환전해 온 돈이 정확히 얼마 남아 있는지 중간 점검이 필요했다. 숙소에 와서 배낭 안에 있던 모든 돈을 꺼내고 지금까지 쓴 돈을 적어 둔 일기장을 펼쳤다. 한곳에 두면 소매치기라도 당할까 봐 여기저기 돈을 숨겨 놓았었는데, 막상 꺼내 놓고 보니 남은 돈이 없어도 너무 없었다. 완전 비상이었다. 처음 잡았던 예산은 하루 50유로였지만 도착해서 방한용품을 산다고 160유로쯤 써 버리고, 중간중간 택시 한 번씩 탈 때마다 몇십 유로를 썼다. 존과 마리 부부를 만나 짐 정리 후 한국으로 보낸 택배에도 비용을 꽤 썼고, 초기에 뭣도 모르고 에어비앤비에서 숙박하며 하룻밤 자는 데만 40유로씩 써 버려서 이대로 가다가는 이탈리아 국경은커녕 당장 내일 집에 돌아가야 할 판이었다.

  "이거 밖에 없는 거야? 리나 가방에 좀 더 있지 않아?"
  "나 있는 거 다 꺼낸 거야……."

  우리의 표정은 점점 심각해졌다. 그러다 결연한 표정으로 서로를 바라
보며 몇 가지 규칙들을 정했다. 택시 타지 않기, 하루에 무슨 일이 있어도
50유로 넘기지 않기, 불러 주는 가격은 늘 깎아 보기 등이 그것이었다. 침
대 위에 널브러져 있는 우리의 전 재산을 다시 소중히 챙겨 넣기까지 우리
에게는 비장한 기운이 감돌았다. 꽤나 심각한 순간이었지만 그날 일기장
에는 가장 감사한 순간이 돈을 세며 규칙을 정하던 이 시간이라고 쓰여 있
었다. 우리가 힘을 합쳐 큰 문제를 해결하려 했던 첫 순간이기 때문이었다.

  가정 경제 회의를 마무리하고 산책을 나섰다. 대성당을 방문한 우리는
엄청난 크기를 자랑하는 유럽의 모든 순례길이 적혀 있는 20유로짜리 지
도를 발견했다. 그리고 우리는 홀린 듯 그 지도를 구입했다. 그 지도는 지
금까지 한 번도 펴 보지 않은 채 침대 밑 수납장에 그대로 있는데, 이런 걸
보면 사람은 참 쉽게 안 변하나 보다.

또 다른 순례자

프랑스 아라스(Arras)

아라스를 떠나기 전날, 우리가 묵고 있는 숙소에 또 다른 순례자가 온다는 이야기를 들었다. 순례길을 시작하고 처음으로 만나는 다른 순례자라 어디에서 왔는지, 성별은 뭔지, 몇 살인지 궁금한 게 많았다. 저녁 식사를 하고 있을 때 막 도착한 듯 진흙이 잔뜩 묻은 바지를 입은 채 식당에 들어온 세바스찬을 처음 만났다. 영국에서 온 세바스찬은 고등학교를 졸업하고 대학교에 갈 때까지 1년 정도 남은 시간을 어떻게 보낼지 고민하다가 아르바이트를 해서 돈을 모아 비아 프란치제나 길에 올랐다고 했다. 그러니까 지금 막 19세가 된 어린 청년이었다. 하지만 나이는 어려도 이미 탄자니아의 킬리만자로산을 등반한 경험도 있는 모험심 많은 친구였다. 세바스찬도 순례자를 만난 건 처음이라며 우리를 굉장히 반가워했고, 나이도 국적도 달랐지만 우리는 빠른 시간에 친해졌다.

세바스찬은 떼루안의 숙소 에덴에서 머물 때 우리가 적었던 방명록을 보고 자기보다 3일 정도 앞서 한국인 순례자 커플이 걷고 있다는 걸 알게 되었다고 했다. 우리가 매일 인스타그램에 순례길 이야기를 올리듯 세바스찬은 블로그에다가 순례길 일상을 기록하고 있었는데, 그 블로그에서 우리는 '한국에서 온 신비로운 커플' Korean mysterious couple 이었다. 세바스찬은 우리를 만날 수 없을 거라 생각했지만 마침 우리가 아라스에서 3일을 쉬게 되면서 이 운명 같은 만남이 성사되었다.

미국에서 인생의 절반이 넘는 시간을 보낸 이삭에게 모국어는 한국어가 아닌 영어였다. 반대로 나는 읽기, 듣기, 쓰기는 어떻게 되더라도 말하기만큼은 장벽에 부딪히는 전형적인 한국 영어 교육의 결과물이었다. 그래서 순례길에서 종종 영어를 자유롭게 하는 사람들을 만날 때면 나는 꿔다 놓은 한국인쯤 되는 것 같은 기분이 자꾸 들었다. 처음 세바스찬을 만났을 때도 그랬다. 이삭과 세바스찬은 영어를 유창하게 할 수 있는 사람을 만나니까 너무 좋다면서 물 만난 물고기들처럼 대화를 나눴다. 오가는 말은 알아듣고 있지만 그들의 대화에 끼기 위해 열심히 영어 문장을 만들다 보면 이미 대화는 다른 주제로 넘어가 있었다. 새로운 순례자를 만나 신은 났지만 괜히 내 처지가 초라해진 것 같아 방으로 들어와 이삭에게 꽁한 마음을 풀어놓았다. 그런데 이삭은 내 이야기를 가만히 듣더니 이렇게 말했다.

"리나, 근데 나는 한국에서 항상 그렇게 느껴."

머리를 딩 하고 맞은 느낌이었다. 한국어가 많이 익숙해졌다고 했지만 여전히 어려운 단어나 속담은 이해하는 데 어려움이 있었던 이삭은 내가 느낀 이 순간의 감정을 한국에서 매일매일 느꼈던 것이다. 그동안 한국에서 이삭과 나눈 많은 대화들이 떠올랐다. 왜 역지사지로 생각해 주지 못했는지 미안한 마음이 들었다.

"힘들지 않아?"

"처음에는 힘들었는데 이제는 괜찮아. 가끔 힘들 때도 있지만… 제일 힘든 건 영어로 말하면 내가 진짜 웃긴 사람인데 사람들이 그걸 몰라준다는 거지!"

이삭은 얼굴 밑에 브이 자를 만들어 갖다 대며 씨익 웃었다. 이렇게 되기까지 속으로 얼마나 많은 고민을 했을까 안쓰러운 마음이 드는 한편 이삭의 열등감 없는 모습이 대단해 보였다. 나는 지금도 영어를 유창하게 하는 사람을 만날 때면 내 안에 숨어 있던 콤플렉스가 고개를 들곤 한다. 하지만 그럴 때마다 이삭이 보여 준 노력과 마음을 떠올리며 이 또한 서로의 세계가 만나 각자의 세계를 넓히는 과정이라고 다시 한번 생각해 보곤 한다.

순례길 플레이리스트

♪ A Banda Mais Bonita da Cidade — Oracao

♪ Adriana calcanhotto — Fico assim sem voce

♪ Ana Kendrick — Cups

♪ Ana Viela — Trem-Bala

♪ Bard — 오늘의 여행

♪ Bruno mars — fitness

♪ Clean Bandit — Rather be

♪ Depapepe — Pride

♪ Gen verde — On the other side

♪ Jason Mraz — I'm yours

♪ Jason Mraz — Unlonely

♪ Marcelo Jeneci — Felicidade

♪ Mark Ronson — Uptown funk

♪ Pentatonix — Daft funk

♪ Pentatonix — Lose yourself to dance

♪ Sara pareilles — King of anything

♪ The barden bellas — Bellas Regionals

♪ Walk the moon — shut up and dance

♪ 가을방학 — 취미는 사랑

♪ 라이언킹 ost — Can you feel the love tonight

♪ 라이언킹 ost — I just can't wait to be king

♪ 마일리 사이러스 — Party in the USA

♪ 살바토르 쿠티뇨 — L'italiano

♪ 악동뮤지션 — 200%

♪ 악동뮤지션 – 못생긴 척

♪ 우효 – 민들레

♪ 이브 – I'll be there

♪ 이브 – Lover

♪ 이적 – 그대랑

♪ 이적 – 보조개

♪ 정인 – 오르막길

♪ 조용필 – Bounce

wild
things

일단 첫 발을 떼면 각자 나름의 방식으로 길을 시작하고 끝맺을 수 있다.
무엇보다 한 번만 용기를 내면 그다음은 더 쉬워진다.

조심과 의심 그 사이

프랑스 아라스(Arras) - 바뽐므(Bapaume)
27.08km, 8시간 37분

아라스에서 3일 정도 걷기를 쉬다 보니 우리는 빨리 걷고 싶어 좀이 쑤셨다. 드디어 다시 걷기 시작하는 오늘, 존과 마리 부부 덕분에 대폭 줄어든 짐 무게는 34kg에서 이제 둘이 합쳐 25kg 정도밖에 되지 않았다. 또 그들의 조언대로 오늘은 당장 마실 물만 챙긴 후 지나가는 마을에서 물도 청해 보기로 했다. 원래 세바스찬과는 각자의 속도대로 걷다가 중간에서 다시 만나기로 하고 우리가 길을 먼저 걷기 시작했지만, 젊은 피의 에너지가 넘치는 세바스찬은 금방 우리 뒤를 쫓아와서 이내 같이 걷게 되었다. 동행자가 생긴 소소한 변화와 오랜만에 길을 걷는다는 사실은 우리를 자꾸 설레게 했다.

길을 걷기 시작한 지 얼마 되지 않아 작은 경당에 도착했다. 그곳에서 기도를 드리고 주변을 구경하고 있는데, 한 아저씨가 순례자들이냐며 말을 건넸다. 그리고는 간식이라도 먹고 가라며 자기 집에 초대까지 했다. 나는 이게 무슨 상황인가 싶어 선뜻 따라가도 될지 덜컥 겁부터 났지만, 세바스찬과 이삭은 벌써 흔쾌히 "예스"를 외치고 아저씨를 따라나서고 있었다. 나도 마지못해 따라가긴 했지만 아저씨네 집에 도착할 때까지 경계를 풀지 않았다. 나는 사실 좋게 말하면 조심성이 있고, 나쁘게 말하면 의심도 겁도 많은 성격이다. 지금도 그런 성격에는 변함이 없지만 순례길을 걷는 동안은 내 이런 성격이 조금 유난스럽게 느껴질 만큼 많은 사람들의 도움과 환대를 받았다.

아저씨네 집에 도착하자 아내분이 우리를 반기며 마침 부활절이라 브라우니를 구워 두었다고 마당의 하얀 탁자로 우리를 초대했다. 영국인 세바스찬은 티타임이 너무나 그리웠다고 하면서 차  를 홀짝였고, 우리는 다 같이 그런 세바스찬을 보며 "영국인 맞네!" 하고 웃었다. 내 걱정과 의심은 어느새 사라지고 우리는 한동안 티타임을 가지며 여유로운 오전 시간을 보냈다.

오전 티타임을 마치고 다시 열심히 걷고 있는데 평소 배변 활동이 활발하던 이삭에게 신호가 왔다. 다른 순례길 에세이에서는 화장실 문제를 어떻게 이야기하는지 모르겠지만 창피를 무릅쓰고 풀어내 보자면, 우리는 자주 자연으로 돌아가는 경험을 해야 했다. 비아 프란치제나 길에서는 공중화장실 찾기가 정말 힘들다. 마을과 마을 사이도 멀고, 마을에 도착한다고 해도 공중화장실이 항상 있는 것도 아니기 때문에 선택의 여지가 별로 없다. 어떤 부부들은 결혼하고 방귀도 서로 안 튼다고 하던데 우리는 당장 신혼여행에서부터 노상방뇨를 터야 하는 상황이었다. 혹시 이 사실을 모르고 신혼여행으로 비아 프란치제나를 선택하는 분들이 있을까 봐 미리 밝혀 둔다. 그나마 소변은 괜찮은데 대변은 정말이지 난감했다. 그래서 나는 정말 급하지 않은 경우 말고는 보통 숙소에서 해결했고 덕분에 순례길을 걷는 동안 변비로 꽤나 고생했다.

아무튼 이날 오후 이삭은 난감한 상황에 빠졌다. 우리가 지나가고 있는 이 마을에는 공중화장실이 없어 보였다. 점점 얼굴이 창백해지는 이삭을 보고는 바로 지금이 존과 마리 부부가 알려 준 팁을 사용해야 할 때라는 생각이 들었다. 마침 정원에 물을 주고 있는 아저씨가 보이자 우리는 그 집으로 달려갔다. 그리고 이삭이 어설픈 불어로 용기 내어 말했다.

"안녕하세요. 우리는 순례자. (배를 만지며) 화장실? 화장실?"

아저씨는 잠깐의 고민 뒤에 문을 열어 주셨다. 처음에는 조금 경계하는 얼굴이었지만 창백한 이삭의 얼굴과 꾀죄죄한 내 얼굴을 보곤 경계를 푸신 듯했다. 그리고는 아내분이 종종 비아 프란치제나 순례자들이 지나간다며 어느 나라에서 왔는지 이것저것 물어보시곤 감사하게 견과류와 생수 2병까지 챙겨 주셨다.

여행 갔을 때 사람들의 환대를 경험해 본 적이 다들 한 번쯤은 있을 것이다. 그 정도가 순례자인 경우에는 더했고, 특히 유럽의 시골 마을에서 아시안의 외모는 그냥 지나가는 사람도 붙잡을 만큼 눈길을 끌었다. 먼저 도움을 청했건 먼저 손을 내밀었건 우리가 순례길에서 만난 사람들은 모두 우리에게 낯선 천사들이었다.

맨땅에 헤딩하며 숙소 구하기

프랑스 바쁨므(Bapaume) - 뻬혼느(Péronne)
28.5km, 8시간 40분

비아 프란치제나 순례길을 준비하고 있다면 가장 궁금한 것 중 하나가 어떻게 숙소를 찾는지일 것이다. 먼저 인터넷에 검색해 보면 비아 프란치제나 숙소 리스트가 나온다. 문제는 그 숙소 리스트가 언제 만들어졌는지 알 수 없다는 것이다. 우리도 그 숙소 리스트를 참고했는데, 그중에는 문을 닫은 곳도 있었고 번호가 잘못된 기재된 곳도 있었다. 숙소를 미리 예약하느라 골머리를 썩고 싶지 않아서 우리는 하루 전에 다음 날 묵을 숙소를 예약했다. 그래서 우리는 숙소 찾는 데 좀 고생하는 편이긴 했지만 나중엔 노하우가 생겨서 도착할 마을의 관광 안내소, 성당, 마을 회관 등에 전화를 걸어서 무료로 잘 곳이 있는지 먼저 확인했다. 사실 우리는 우리 같은 사람들이 많을 줄 알았는데, 묵었던 숙소 중 어떤 곳은 내년 여름 날짜를 미리 예약한 순례자도 있었다. 그리고 그 순례자는 역시 철저한 준비성을 갖춘 민족, 한국인이었다.

요 며칠은 건너 건너 소개받아 숙소를 해결했다. 하지만 오늘은 숙소 소개가 끊겨 숙소 리스트를 뒤졌는데 비싼 호텔밖에 선택지가 없었다. 그렇다고 자는 데만 50유로 넘게 쓰자니 며칠 전 금융 위기가 다시 떠올랐다. 존과 마리 부부가 알려 준 서바이벌 프랑스어를 쓸 때다 싶어 구청에 전화를 걸었다.

　"봉주흐, 저희는 순례자입니다. 우리가 무료로 잘 수 있는 공공시설이 있나요?"

첫 문장까지는 존이 써 준 그대로 읽는 거라 어떻게 말을 하긴 했는데, 그다음부터가 문제였다.

　"네? 어떤 곳을 말씀하시는 거죠?"
　"Trop froid. Toit! Toit!"
　우리 너무 추워. 지붕! 지붕!

짧은 프랑스어로 이 정도 전달하는 것도 용했지만 듣는 입장에서는 끊어 버리기 딱 좋은 전화였다. 불쌍하긴 하지만 무례할 수도 있는 전화에 구청 직원분은 친절하게도 알아보고 다시 전화를 주겠다고 했다. 그래도 혹시 몰라 어제 숙소를 소개해 줬던 아라스의 마담 보나이에게 전화를 걸어 혹시 뻬혼느에도 아는 분이 있는지 여쭤봤다. 몇 분 뒤 이 지역의 대모답게 마담 보나이는 뻬혼느의 한 부부가 우리를 재워주겠다고 했다며 기쁜 소식을 전해 줬다. 그리고 다시 몇 분 뒤 이번에는 구청에서 전화가 왔다. 학교 운동장 같은 곳을 알아봤는데 순례자가 묵을 수 있는 숙소가 없다고 하면서 괜찮으면 자기 집 마당에 텐트를 치고 화장실도 쓸 수 있게 해 주겠다고 했다. 첫 '맨땅에 헤딩하며 숙소 찾기' 시도가 두 건이나 성공하자 우리는 잘 곳 없는 신세에서 어디서 묵을지 고르는 입장이 되었다. 고민 끝에 구청에 다시 전화해서 먼저 연락받은 숙소가 있어서 거기로 가겠다고 말하며 자기 집 앞마당까지 내어 주겠다고 한 그분에게 감사 인사를 전했다.

그렇게 묵게 된 오늘의 숙소는 크리스틴 아주머니와 길 아저씨의 집이었다. 갑자기 쏟아지기 시작한 빗속에서 겨우겨우 집을 찾았다. 알고 보니 세바스찬도 같은 숙소를 소개받아 우리는 집 앞에서 만나 함께 문을 두드렸다. 크리스틴 아주머니와 길 아저씨네 집은 마당과 커다란 창이 있었고, 노란 색감의 벽지들이 따사로운 느낌을 주는 아늑한 곳이었다. 지금까지 묵었던 모든 집들이 예뻤지만 특히 오늘의 집은 딱 내 취향이었다. 분위기 있는 조명과 아담한 침대, 인디언 풍의 커튼으로 구분된 공간과 작은 소품들까지.

크리스틴 아주머니는 저녁 식사를 준비하며 전채 요리로 크래커와 치즈, 맥주를 준비해 주셨고, 전채 요리로 시작된 오늘의 저녁 식사에는 와인도 함께 곁들였다. 게다가 저녁 식사의 메인 요리는 프랑스에서 고급 요리로 분류되는 송아지 고기였다. 크리스틴은 부활절에 많이 만들어서 남은 요리인데 괜찮냐고 물어봤지만 순례길에 먹었던 음식 중에 가장 기억에 남을 만큼 맛있었다. 오늘 처음 만난 어디서 왔는지 모를 낯선 방문객들이 아니라 소중한 손님에게 대접할 만한 식사였다. 맛있는 저녁 식사와 따뜻한 잠자리까지 맨땅에 헤딩하며 숙소를 찾은 결과치고는 무척 후한 결과였다.

첫 번째 임신 테스트

프랑스 뻬혼느(Péronne) - 생캉탱(San-Quentin)
18km, 7시간

이삭과 결혼 후 신혼여행으로 온 순례길이었지만 직장을 구하지 않은 상태에서 아기를 가질 생각은 없었다. 적어도 당시 준비하고 있었던 임용 고시에 붙고 내 일이 조금 안정된 다음 우리 둘만의 신혼생활도 즐긴 후에 아기를 가질 생각이었다. 이삭도 이런 내 의견을 존중해 주었다. 하지만 우리는 순례길을 걸으면서 아기를 갖게 되면 '비아 프란치제나'에서 길이라는 뜻인 '비아'라고 태명을 짓자는 둥, 혹시라도 순례길을 걷다가 임신하게 되면 어떻게 해야 할지 계획을 세우자는 등 사뭇 진지하게 자녀 계획을 종종 이야기했다.

첫 번째 임신 테스트는 프랑스 구청 화장실에서 시행되었다. 생리가 조금 늦어 혹시나 하는 마음에 임신 테스트를 하긴 했지만 큰 기대는 하지 않았다. 그런데 이삭은 달랐다. 프랑스산 임신 테스트기를 손에 들고 구청 화장실로 가는 내내 이삭은 너무나 신나 보였다. 심지어 테스트기 속 한 줄을 확인하고 화장실 문을 열었을 때 화장실 앞 벤치에는 빨간 불이 들어

온 고프로 카메라가 설치되어 있었다. 눈가가 촉촉해진 채 기다리고 있었던 이삭은 처음으로 비아를 만난 순간을 녹화하고 싶어서라고 했다. 이삭이 프랑스 임신 테스트기는 혹시 한 줄이 임신을 말하는 것이 아닐까 하며 앞뒤로 돌려 가며 확인해 봤지만 설명서에 그림과 글로 친절하게 아니라고 설명되어 있었다. 갑자기 시무룩해진 이삭이 재밌기도 했고 임신이 아니라는 사실에 안도하기도 했지만, 어쩐지 내 마음에도 이삭이 느꼈을 그 아쉬움이 전해졌다.

오전부터 큰일을 치르고 구청 화장실에서 나와 오늘의 길을 시작했다. 오늘은 목적지까지 30km를 걸어야 하는 날이었다. 이미 이틀 연속으로 27km, 28km를 걸었던 터라 우리 둘 다 발이 많이 아팠다. 게다가 태풍 같은 비가 오다 말다 했고, 우리가 가는 반대 방향으로 세찬 바람이 불어와 걷는 것도 싫지 않았다. 검은 비옷을 입고 쫓아오는 검은 먹구름을 피해 바람을 거슬러 걷는 모습은 흡사 영화 〈반지의 제왕〉에서 모르도르를 향해 가는 호빗들 같았다.

휴식 시간에는 이삭이 독 있는 풀 위에 앉아 알레르기가 올라왔는데 벌레도 아니고 식물이라니 오늘은 참으로 운수 없는 날이네 싶었다. 설상가상으로 궂은 날씨 때문에 사람들의 마음도 궂었는지 화장실 부탁도, 생수 부탁도 몇 번을 거절당했다. 그렇지만 나름대로의 즐거움도 있었다. 우리가 사랑하는 바게트를 사 먹을 수 있는 빨간색 빵 자판기를 발견하기도 했고, 새로운 길동무 달팽이도 만났다. 노란빛과 연둣빛의 가느다란 나무들 옆에 드문드문 붙어 있는 달팽이는 이 길에서 처음 보는 광경이었다.

오늘의 숙소는 도착할 도시의 관광 안내소에 전화를 걸어 구한 마리 아주머니의 집이었다. 저녁 식사를 함께 하기로 해서 제시간에 도착해야 했는데 이대로라면 도저히 약속 시간에 도착할 수 없을 것 같았다. 그래서 우리는 길을 만들어 걷기로 했다. 'ㄱ'자로 돌아가야 한다는 지도를 보고는 풀밭을 가로질러 가기로 했다. 비 온 뒤라서 진흙 밭으로 변한 길을 걷는 건 힘들었지만 괜히 길이 줄어든 것만 같아 기분이 좋았다.

그렇게 길을 줄이는 노력도 해 보고 쉬지 않고 걸었지만 오늘의 숙소까지 아직 10km는 더 남아 있었다. 시간은 벌써 저녁 6시에 가까워졌고 택시를 부르자니 우리가 정한 규칙을 일주일도 안 되어 깨는 것이라 그럴 수도 없었다. 결국 히치하이킹을 한 번 더 시도해 보기로 했다. 히치하이킹에서 가장 성공률이 낮은 시간대는 평일 출퇴근 시간대다. 역시나 히치하이킹은 쉽지 않았고, 도로변 레스토랑 옆에서 잠시 멈춰 서서 마리 아주머니께 제시간에 도착하지 못할 것 같다고 전화를 걸었다. 그런데 우리가 있는 레스토랑 이름을 듣고서는 영어로 서툴지만 또박또박 "Stay. There."이라고 하고는 우리를 데리러 가겠다고 했다. 그 순간 마리 아주머니의 말은 마블 히어로의 대사 "I am iron man."만큼 멋졌다.

그렇게 도착한 마리 아주머니의 집은 아늑하고 따뜻했다. 도착하자마자 샤워를 하고 다 젖어버린 양말과 옷을 빨았다. 그리고 아주머니가 만들어 주신 프랑스식 계란찜 키슈 quiche 로 배를 채우고 와인도 한잔했다. 식사 후에는 뜨개질로 만든 예쁜 이불 위에서 일기도 썼다. 모든 게 만족스러운 저녁을 보내고 있으니 길에서 방황하던 고된 하루가 언제였나 싶었다. 그 날 일기에는 이렇게 적혀 있었다.

"아무리 힘든 상황이라도 두 사람이 서로를 보고 웃을 수 있다면 어떻게 든 행복한 하루가 된다."

걷는 사람들의 이야기

프랑스 생캉탱(San-Quentin) - 샬롱 앙 샹파뉴(Châlons-en-Champagne)
기차로 이동

우리가 정했던 스케줄에 맞게 로마에 도착하기 위해서는 10일 정도의 거리를 건너뛰어야 했다. 우리는 어느 부분을 건너뛰어야 하나 고민하다 가장 긴 부분을 차지하는 프랑스 순례길 일부를 넘기기로 결정했다. 우리가 도착한 생캉탱에 마침 기차역이 있어 샴페인으로 유명한 샬롱 앙 샹파뉴라는 도시까지 기차를 타고 이동하기로 했다. 기차를 타고 가면서 우리가 걸었다면 보았을 풍경을 차창 너머로 보고 있으니 기분이 묘했다. 다 비슷한 풍경일 거라 생각해서 10일 치, 그러니까 약 200km 정도쯤 건너뛰는 것을 그렇게 아깝게 생각하지 않았었는데 막상 빠르게 지나가는 풍경을 바라보고 있으니 아쉬움이 차올랐다. 특히 건축을 공부했던 이삭은 역대 프랑스 국왕의 대관식이 이루어졌던 왕들의 도시라고 불리는 랭스 Reims 를 들리지 못한 것을 유감스러워했다.

도보 여행은 걷지 않았으면 놓쳤을 삶의 작은 조각들까지 만날 수 있다. 기차를 타면서 오히려 걷기의 소중함을 느끼며, 더 열심히 걷기 위해 지도책에서 지금까지 지나온 부분을 찢어 짐 무게를 줄였다.

기차를 타고 가면서 오늘 도착할 도시의 성당에 전화해 혹시 숙소를 구할 수 있을지 알아봤다. 다행히 비아 프란치제나를 걸었던 적이 있는 한 부부가 우리를 재워줄 수 있다고 해서 그분과 성당 앞에서 5시에 만나기로 했다. 일찌감치 성당 앞에 도착해서 기다리는데 아무도 우리를 만나러 오지 않았다. 5시가 지나도 감감무소식이자 우리는 성당 주위를 뻥뻥 돌다가 결국 신부님께 물어보자는 생각으로 성당 안으로 들어갔다. 그런데 우리처럼 누군가를 만나지 못한 듯 보이는 한 아주머니가 이미 신부님을 찾아와 있었다. 자그마한 체구에 놀랄 때 '힉!'하고 소리를 내는 귀여운 분, 이 아주머니가 오늘 우리가 묵을 숙소의 주인 브리짓이었다.

브리짓 아주머니의 집은 지금까지 묵었던 집들과 사뭇 달랐다. 자그마한 문으로 들어가니 넓은 거실과 식당이 있었고, 그곳을 지나 방들로 이어지는 통로에는 많은 화분이 실내 정원처럼 꾸며져 있었다. 아주머니를 따라 들어간 거실에서 아주머니 남편 프랑슈아가 우리를 반겨주셨다. 하얀 수염과 하얀 머리칼이 얼마나 멋있었던지 이삭은 만난 지 5분 만에 그분을 롤모델로 정했다.

저녁 식사 시간, "샴페인에 왔으면 샴페인을 마셔야지."라는 프랑슈아 아저씨의 유쾌한 말을 시작으로 또 다른 스타일의 프랑스 가정식을 함께 먹었다. 우리는 저녁 식사 시간동안 두 분의 순례길 스토리를 들을 수 있었다.

성에 살던 존과 마리 부부가 범접할 수 없는 순례길 고수 같은 느낌이라면 프랑슈아와 브리짓 부부는 조금 더 친근한 느낌의 고수였다. 비아 프란치제나 길목에 사는 두 분은 2014년에 순례길을 처음 떠났다. 하지만 낯선곳에서 자는 것이 겁나서 그날 가야할 곳까지 걸어간 다음 아들을 불러 집으로 다시 돌아와 잤다고 한다. 그렇게 집에서 밤을 보내고 아침에 아들이다시 원래 있던 곳까지 태워주는 것을 며칠간 반복했다고 한다. 그렇게 하루하루 용기를 쌓은 다음에야 더 이상 아들을 부르지 않고 본격적인 순례길을 시작할 수 있었다고 했다. 차를 타고 매일 밤 돌아오는 브리짓 아주머니의 모습이 그려지면서 왠지 그 모습이 더 친근하게 느껴져 웃음이 났다.

프랑슈아와 브리짓 부부가 순례길에서 받은 도장으로 꽉 채워진 순례자 여권과 로마 바티칸에서 주는 순례길 완주 증서를 보여 주자 우리도 할 수 있다는 용기가 생겼다. 낯선 곳에서 자는 것이 겁나 몇 번을 다시 돌아왔다던 브리짓 아주머니가 알프스를 걸어서 넘고, 샹파뉴부터 로마까지 1500km를 완주한 순례자라는 사실이 우리에게 좋은 자극제가 되었다. 존과 마리 부부와의 만남이 무림 고수를 만나는 것 같았다면 프랑슈아와 브리짓 부부와의 만남은 마치 우리 미래의 모습을 만난 것 같았다.

보통 안정된 직장과 커리어를 버리고 순례길을 떠나거나, 장거리 트래킹을 다니거나, 세계 일주를 하는 사람들의 이야기를 듣고 나면 그저 나와는 먼 이야기라고 생각한다. 우리도 그랬다. 하지만 반 즉흥으로 시작된 순례길 신혼여행은 우리를 진짜 순례길에 데려다주었고, 지금 우리는 어설프지만 순례자가 되어 가고 있다. 일단 첫 발을 떼면 각자 나름의 방식으로 길을 시작하고 끝맺을 수 있다. 무엇보다 한 번만 용기를 내면 그다음은 더 쉬워진다.

앨리스의 오리굴

프랑스 샬롱 앙 샹파뉴(Châlons-en-Champagne) - 퐁뗀느(Fontaine)
23.5km, 7시간 40분

앞서 이야기했듯이 우리는 보통 순례자들과는 다르게 아침을 일찍 시작
하지 않았다. '아침잠이 많아서'라는 예상 가능하고 당연한 이유를 숨기지
는 않겠지만, 아침마다 숙소 주인들과 함께 하는 아침 식사가 즐거웠기 때
문도 있었다. 브리짓 아주머니는 빨간색 땡땡이가 귀엽게 그려져 있는 밥
그릇에 커피를 따랐고, 프랑슈아 아저씨는 프랑스식 아침 식사하는 우리
의 모습을 기념으로 찍어 주겠다며 핸드폰을 꺼냈다. 소담스러운 식사와
재밌는 대화를 한참 나눈 후 우리 뒤에 오게 될 순례자 친구 세바스찬을
소개하고 다음 머물 숙소까지 소개받고 나서야 우리는 길을 나섰다.

오늘부터 우리가 걷게 될 길은 샹파뉴 도시부터 시작되는 일명 로만웨
이라고 불리는 길이다. 로만웨이는 아무 것도 없는 평지 위에 직선으로
50km 쭉 뻗어 있는 길인데, 그래서 꽤나 장관이기는 하지만 나무 한 그루
의 그늘도 없고 마을도 거의 없어서 지루해질 수 있다고 했다.

상파뉴는 큰 도시여서 도시를 나가는 데만도 꽤 걸어야 했다. 프랑슈아의 설명을 기억하고 도시를 관통하는 폭이 10m쯤 되는 강을 따라 걸었다. 강물에는 화창한 오늘 날씨가 그대로 담겨 있었고, 강 옆을 따라 걷는 오솔길은 기분을 절로 좋아지게 만들었다. 도시를 벗어나 만난 황금빛 갈대밭도 너무 아름다웠는데, 본격적인 로만웨이가 시작됐을 때 풍경은 정말 장관이었다. 여기를 봐도 저기를 봐도 온통 초록색으로 가득한 지평선이 끝없이 펼쳐져 있었다.

"퐁펜느라는 마을로 들어가는 길 왼쪽 세 번째 집인데, 대문이 보이지 않을 거예요. 대신 초록색 수풀 속에 동화처럼 조그만 문이 하나 나 있어요."

오후 4시쯤 되었을까 브리짓 아주머니 설명대로 초록색 수풀 속 자그마한 문을 발견했다. 마치 이상한 나라 앨리스가 된 기분으로 그 문을 열고 니콜 아주머니 집으로 들어갔다. 니콜 아주머니는 오리를 정말 좋아하셨는데 우리가 머물게 될 방에도 욕실 안에도 오리 조각상과 오리 인형들이 있었고, 거실에는 그야말로 한쪽 벽 전체가 오리로 가득 찬 장식장이 있었다. 오리 안에 또 다른 오리가 들어 있는 인형은 물론이고 순례자 모양 오리, 손톱만 한 오리, 오리 손수건 등 아주머니의 오리 사랑이 집 구석구석에 녹아 있었다. 당연히 니콜 아주머니는 오리도 키우고 있었는데, 새끼 오리를 만져 본 것은 그때가 처음이었다. 작고 노란 것이 예전에 학교 앞에서 보던 병아리들처럼 귀여웠다.

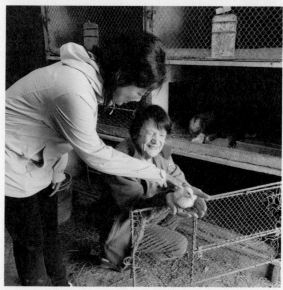

니콜 아주머니의 남편분은 로버트 드니로를 닮은 멋진 분이었다. 니콜 아주머니와 아저씨는 프랑스어만 할 줄 아셨는데 그래서 우리는 보디랭귀지와 우리의 2살짜리 프랑스어로만 대화를 나눠야 했다. 언어가 통하지 않아 불편할 거라고만 생각했는데 이상하게 대화가 계속 이어졌다. 여러 가지 짧은 대화와 농담이 가득한 웃음 넘치는 저녁 식사 시간이었다.

그날 밤, 한국에 돌아가면 오리를 좋아하는 아주머니를 위해 결혼하는 부부들에게 행복을 빌어 주는 원앙 한 쌍을 보내 드려야지 하고 마음먹었다.

Hello, Mr. Le Mayor!

프랑스 퐁뗀느(fontaine) – 꼬흐베이(Corbeil)
25km, 8시간 30분

니콜 아주머니는 오늘부터 내일까지 가는 길에 작은 마을은 있지만 마트는 하나도 없을 거라고 오늘 점심과 내일 먹을 아침 식사까지 싸 주셨다. 그리고 목적지 꼬흐베이에서는 동사무소 같은 곳에서 자게 될 텐데, 그곳의 이장님이 저녁 식사를 챙겨 줄 거라는 말을 듣고 우리는 다시 길을 걷기 시작했다.

우리는 하루 만에 로만웨이에 질려버렸다. 정말 곡선 하나 없이 쭉 뻗은 길은 풍경이 조금도 변하지 않아서 무척이나 지루했다. 목적지까지 대략 5km 정도 남았을 때 우리 눈앞에 미용실이 등장했다. 지루한 로만웨이를 지나와서인지 우리는 정말 충동적으로 미용실에 들어갔다.

결혼하기 일주일 전 한국에서는 히피펌이 유행했다. 순례길을 떠나면서 머리를 새로 하고 싶었던 나는 결혼식을 며칠 앞두고 히피펌을 질렀다. 결혼식 날 아침 "신부님이 예술하는 분이신가 봐요. 자유로워 보여요."라고 칭찬 아닌 칭찬을 듣기도 했지만, 내 머리는 윤식당의 정유미보다는 들국화의 전인권에 가까웠다. 이삭이 지겨움을 이겨 내려고 던진 즉흥적인 제안이었음에도 내가 망설임 없이 승낙한 이유였다.

이삭은 머리 스타일이 극단적이다. 아주 빡빡 밀어서 반삭 머리를 하거나 아니면 어깨까지 길러서 머리띠에 머리를 묶고 다니고 싶어 한다. 왜 자꾸 군인 아저씨 아니면 스프링 머리띠 중에 선택하라고 하는 건지 아내로서는 큰 고충이었다. 결혼식까지는 간신히 평범한 머리 스타일을 만들어 놨는데, 순례길을 시작하자마자 이삭은 자기 머리는 자기가 선택하겠다며 시위를 하기 시작했다. 결국 나는 차선의 선택으로 군인 아저씨를 허락했다.

이미 짧게 자르기로 마음먹은 이삭과 달리 나는 그래도 미용실에 왔는데 어떤 스타일로 자를지 고민하고 싶었다. 이삭이 먼저 머리를 자르는 동안 에어컨 바람을 맞으며 머리 스타일 모음 카탈로그를 한 장씩 사락사락 넘겼다. 그리고 샴푸를 받고, 머리를 자르고, 마지막으로 깔끔하게 드라이된 머리를 거울로 요리조리 들여다보고는 다시 배낭을 멨다. 우리는 둘 다 만족스러운 머리를 기념하며 셀카를 찍고 난 다음 다시 순례자 신분으로 돌아갔다.

　미용실에서 거의 1시간을 보낸 뒤 꼬흐베이 표지판을 발견한 것은 오후 6시쯤이었다. 꼬흐베이는 정말 조용한 마을이었다. 마을 회관에 도착해 "익스큐즈무아!"실례합니다 를 소리 높여 몇 번 부르고 나니 막 퇴근하려던 동사무소 직원분이 나왔다. 미용실에 들리느라 1시간이나 늦게 도착한 우리는 하마터면 노숙자 신세가 될 뻔했다. 그분은 우리를 순례자 숙소에 데려다주며 저녁 식사는 이장님이 와서 챙겨 줄 거라는 말을 남기고 빠른 속도로 퇴근했다.

　오늘의 숙소는 두 개의 간이침대와 탁자 겸 의자로 쓰이는 벤치 하나 그리고 전자레인지와 커피포트도 준비되어 있어 필요한 것은 다 있는 곳이었다. 딱 하나 단점이라면 뜨거운 물이 안 나왔다는 점이랄까. 하지만 오늘하루 종일 로만웨이를 걸으며 흘렸던 땀과 덮어쓴 먼지가 너무 찝찝했기에 우리는 가지고 있던 수건에 물을 묻혀서 번갈아 비명을 지르며 간이 샤워를 했다. 그렇게 샤워를 마치고 나왔는데 7시가 지나고 8시가 다 되도록 이장님은 오지 않았다. 서툰 프랑스어로 동사무소 직원분과 나눈 대화를 잘못 이해한 건지, 이 장님은 오늘 정말 오지 않는 건지, 그러면 우리는 저녁을 이 대로 굶어야 하는 건지 수만 가지 생각이 머릿속에 교차했다. 배에서 꼬르륵 소리가 나기 시작한 우리는 결국 내일 아침으

로 먹을 바게트를 반으로 갈라 나눠 먹기로 했다. 바로 그때 노크 소리와 함께 피크닉 바구니를 든 이장님이 등장했다.

이장님은 밝은 인사를 건네시곤 바구니 속 준비해 온 음식을 하나하나 꺼냈다. 바게트 두 개와 바나나 두 개, 치즈와 잼, 전자레인지에 돌려 먹을 수 있는 음식 그리고 프랑스답게 와인 한 병까지. 마지막으로 순례자들을 위한 방명록과 할 수 있는 만큼 기부하면 된다는 작은 저금통을 꺼내 두시고는 산뜻하게 인사하며 나가셨다. 순식간에 반쪽짜리 바게트만 올려져 있던 식탁이 풍성해졌고 우리는 와인 잔을 들고 굶지 않아도 됨을 안도하며 건배했다.

지금도 이삭은 순례길에서 가장 기억에 남는 순간 중 하나로 이때를 꼽는다. 이 순간을 기점으로 '우리가 굶어 죽지는 않겠구나' 하는 확신이 들었다고. 길 위의 어설픈 순례자 둘은 아슬아슬했지만 정말 신기하게도 순례길이 끝날 때까지 한 번도 굶지 않았다.

Day 21.

순례자 엉덩이는 빨개

프랑스 꼬흐베이(Corbeil) – 브히엔느 르 샤또(Brienne-le-Château)
25km, 8시간

장거리 트래킹에서 몸이 상하는 것은 어찌 보면 당연한 일이다. 평소에 쓰지 않던 근육을 오랜 시간 높은 강도로 쓰기 때문이다. 나는 순례길 초반부에 무릎이 심하게 아파 걷지 못하는 지경에까지 이르기도 했다. 그 외에도 발바닥에 물집이 생기거나 발목이 붓거나 멍이 드는 일은 순례길 내내 흔한 일이었다. 그나마 다행인 건 순례길 고수, 존과 마리 부부를 만난 뒤로는 가방 무게를 줄이고, 한 시간에 한 번 10분씩 신발과 양말을 모두 벗고 쉬는 원칙을 잘 지켜온 덕분에 크게 아픈 곳은 없었다. 그래서 오늘 이삭의 아프다는 말을 나는 쉬이 흘려들었다.

오늘의 목적지인 브히헨느 르 샤또는 산티아고 순례길과 만나는 도시다. 그래서인지 순례자용 숙소인 지떼 Gite 를 도시에서 운영하고 있었다. 구청에 전화해 물어보니 관광 안내소가 문을 닫기 전 5시까지 오면 숙소 열쇠를 주겠다고 했다. 그 말은 5시까지 도착하지 않으면 숙소에 들어갈 수 없다는 거였다. 목적지까지는 아직 30km에 가까운 거리가 남아 있었다.

하나로 쭉 뻗은 로만웨이는 흐린 날씨와 함께 끝이 났다. 하늘에는 구름이 조금씩 드리웠고, 너른 들판보다는 숲길을 많이 걸은 하루였다. 드넓은 유채꽃밭도 한동안 이어졌다. 어제 숙소의 간이침대도 순례자에겐 과분한 것이었지만 하루 종일 걸었던 피로를 풀어 주기에는 무리였다. 그래서인지 조금 이른 오후부터 식곤증이 몰려왔다. 이삭은 안 되겠다며 조금만 낮잠을 잘 테니 깨워 달라고 하더니 그대로 길바닥에 누워 자기 시작했다. 우리는 순례길을 걸으면서 종종 낮잠을 자곤 했는데 그때마다 이삭은 신기하게도 기절하듯 누워 단잠을 잤다. 비록 나는 잠에 들지는 못했지만 그늘에서 배낭을 베개 삼아 신발과 양말을 벗고 잠시나마 누워 있는 시간은 달았다. 하지만 이런 낭만적인 묘사와는 다르게 낮잠 자고 있는 이삭의 모습은 가관이었다. 선글라스는 돌아가 있고, 길바닥에 아무렇게나 누워 맨발인 모습은 마치 취객의 모습과 가까웠다.

다시 걷기 시작한 지 얼마 되지 않아 진흙 길이 나타났다. 진흙 길을 지나고 나니 우리는 완전히 지쳐 버렸고 발도 많이 아팠다. 그때쯤부터 이삭은 통증을 호소했다. 부위는 글자 그 자체로도 민망한 사타구니였다. 꽤 고급 어휘인 사타구니를 알 리 없는 교포 오빠 이삭은 손가락으로 그곳을 가리켰다. 이삭은 걸을 때마다 그 부위가 쓸리니 더 아파했다. 그렇지만 우리는 5시까지 도착해야 했고 시간은 부족했다. 내가 한 번도 느껴본 적 없는 종류의 고통을 공감하기에는 조건이 좋지 않았다. 우리 둘 다 서로의 아픔에 잠시 귀를 닫고 발걸음을 재촉했다.

4시 반쯤 되었을까. 드디어 오늘의 목적지 브히엔느 르 샤토에 도착했음을 알리는 이정표가 보였다. 큰 도시답게 이정표를 지나치고도 2km 정도를 더 간 다음에야 관광 안내소에 도착할 수 있었다. 마지막 안간힘을 짜내 도착한 관광 안내소는 5시가 되기 고작 몇 분 전이었다. 다급히 직원에게 순례자 숙소를 찾는다고 이야기하니 오늘 산티아고 길을 걷고 있는 또 다른 순례자가 있다며 잠시만 기다려 달라고 했다. 정말 5시가 되기 1분 전에 진흙을 잔뜩 묻힌 바지를 입고 큰 가방을 멘, 누가 봐도 순례자로 보이는 여자 한 분이 들어왔다. 그분은 우리보다도 더 지쳐 보였다.

직원분은 숙소가 표시된 약도를 꺼내며 이 길을 따라 오르막길을 올라가면 길 끝에 사슴 머리가 달린 집이 있는데, 그 집이 바로 순례자 숙소 건물이라고 했다. 안간힘을 짜내 여기까지 왔는데 다시 오르막길을 올라야 한다니. 절망적이었지만 얼른 쉬고 싶은 마음에 다시 힘을 내 숙소로 걷기 시작했다. 옆에 또 다른 순례자분은 우리보다 더 절망적인 표정이었다. 그런데 약도를 따라 거의 마을 경계인 숲까지 왔는데도 그 문제의 사슴 머리가 보이지 않는 것이었다. 이미 5시가 넘어 관광 안내소에 물어보러 다시 내려갈 수도 없었다. 우리 세 명 얼굴이 점점 심각해지려던 때, 벤치에 앉아 있던 한 할머님이 우리를 보며 이 길 따라 계속 가면 된다고 손짓으로 알려 주셨다. 아마 이렇게 길을 헤매는 순례자들을 여러 번 본 듯하셨다.

할머님의 말에 우리는 조금 더 걸어서 드디어 사슴 머리가 달린 2층집을 발견했다. 이제 정말 쉴 수 있다는 생각에 달려가듯 숙소로 들어갔다. 숙소 방에 들어오니 이삭이 다리 사이가 너무 아프다며 좀 봐줄 수 있냐고 물었다. 다소 민망한 자세를 취한 이삭이 가리키는 곳을 보니 정확히는 엉덩이 부분 양쪽이 살에 쓸려서 빨갛게 부어 있었다. 가지고 있는 약을 발라주면서 민망한 자세에 자꾸 웃음이 났지만 지금까지 얼마나 아팠겠나 싶어 안쓰러움이 몰려왔다. 그 상황에서도 이삭은 내가 있어 약도 바를 수 있다며 너털웃음을 지었다. 어쩐지 조금 더 부부가 된 것 같은 기분이었다.

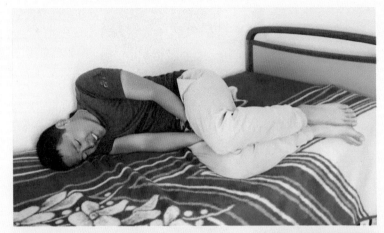

우리 그때 좋았지

프랑스 브히엔느 르 샤또(Brienne-le-Château) – 바흐슈흐오브(Bar-sur-Aube)
히치하이킹

순례길에서도 한 달에 한 번 마법의 날은 찾아왔다. 이번에는 몇 주를 건너뛰고 시작해서 그런지 통증이 심해 걷기가 여간 힘든 게 아니었다. 오전 시간은 겨우겨우 걸었지만 점심 식사만큼은 의자에 앉아 실내에서 편안하게 먹고 싶은 마음이 간절했다. 그런 내 마음이 전달되었는지 이삭이 오늘은 레스토랑에서 식사를 하자고 했다. 메뉴판에 있는 음식 중에 제일 싼 것을 고르고 보니 막상 나온 음식은 우리가 평소 먹는 햄과 빵, 치즈를 접시에 따로따로 올려 둔 것에 지나지 않았다. 더 추가된 것이라고는 버터와 양파 정도. 호화로운 식사를 기대한 것은 아니지만 평소보다 예산을 훨씬 더 쓰고 받은 대가치고는 기대 이하라 괜히 이삭에게 미안해졌다. 이삭은 "잘 먹고 또 힘내서 걸으면 되지!"라고 했는데, 사실 내 마음속에서는 이미 '오늘 걷기는 끝!'을 선언하고 신발을 벗어던지기 직전이었다.

식사를 마치고 나오니 아까 조금씩 떨어지던 빗방울은 점점 굵어져 거의 쏟아지고 있었다. 장시간 걷는 것만도 힘든데 비까지 쏟아지다니. 이보다 최악일 수는 없었다. 결국 내가 히치하이킹을 해 보면 어떻겠냐고 넌지시 던졌고 이삭은 영 내키지 않는다는 표정을 지었다. 이삭의 표정에 살짝 상처받은 나는 입을 꾹 다물고 걷기 시작했다. 그래도 우리는 차도 옆을 걸으면서 차가 지나가면 손을 흔들기는 했는데 비가 쏟아지는 날 순례자 두 명을 태워줄 사람은 없었다. 그렇게 계속 걷고 있으니 이삭이 혹시 속으로 히치하이킹을 실패해서 걷게 된 걸 좋아하는 게 아닌가 싶은 엉뚱한 의심이 뭉게뭉게 피어올랐다. 생리 주기라 나도 예민하게 반응하는 것도 있었지만, 사실 요 며칠 우리는 부부 싸움의 외줄을 아슬아슬하게 타며 긴장되는 순간을 몇 번 지나고 있었다. 내 생각은 꼬불꼬불 더 꼬여만 갔다.

빗속에서 절망한 채로 얼마나 걸었을까. 기적적으로 봉고차 한 대가 멈춰 서더니 수염이 덥수룩한 한 아저씨가 창문을 내렸다. 의자가 젖을까 걱정하는 우리에게 걱정 말라고 털털하게 웃고는 우리가 가는 도시 바흐슈호오브까지 태워다 주겠다고 했다. 덥수룩한 수염과 큰 덩치, 터프한 외모에 우리 부부는 둘 다 괜히 조금은 긴장한 상태로 차에 올라탔다.

"어떻게 여기를 걷고 있는 거예요?"
"아, 신혼여행으로 비아 프란치제나 순례길을 걷고 있어요. 태워 주셔서 정말 감사합니다!"
"나는 원래 화물차 기사예요. 그리스까지도 왔다 갔다 하는데, 이 이내 아저씨는 신나게 자기 이야기를 하기 시작했다. 자기는 터키 사람이고 프랑스에서 일하고 있는데 세금을 너무 많이 떼 간다 한국은 살기 좀 어떠냐 등의 이야기부터 자기는 아이가 세 명이라는 이야기까지. 이런저런 대화를 나누다 보니 외모만 보고 경계했던 게 죄송해졌다. 친절한 화물차 기사님은 내릴 때도 젖은 의자 시트는 아랑곳 않고 호쾌하게 웃으시며 떠났다.

바흐슈흐오브에서는 순례자 숙소 리스트에서 찾은 순례자 할인이 있다는 호텔에서 자기로 했다. 이름이 호텔이라 약간의 기대를 하고 있었는데 도착해서 본 호텔은 우리를 적잖이 실망시켰다. 하지만 우리에겐 하루에 쓸 수 있는 예산이 정해져 있었기에 그때의 우리로서는 최상의 숙소였다. 샤워를 하고 침대에 누울 때까지 우리 둘 사이에는 미묘한 긴장감이 흘렀다. 아마 나는 나대로 몸이 힘들어서, 이삭은 이삭대로 순례길인데 나 때문에 또 걷지 못해서였을 것이다. 어쨌든 우리 둘 다 행복하고 즐거운 상태는 아닌 것이 분명했다.

나는 핸드폰에 이삭은 고프로에 고개를 묻고 침묵이 오가고 있는데, 이삭이 갑자기 밝아진 얼굴로 이것 좀 보라며 다가왔다. 그저께 아침 코흐베이 동사무소를 떠나기 전 찍어 두었던 인터뷰 영상이었다. 지금과는 달리 서로 깔깔 웃으면서 이야기하는 이삭과 이삭에게 빵을 먹여 주는 내가 있었다. 고작 이틀 전 영상에 "우리 그때 참 좋았지" 하며 지금 이렇게 꽁하게 있는 우리가 바보같이 느껴졌다. 이내 누가 먼저랄 것도 없이 미안하다고 말하고 웃었다. 그러고 나니 찝찝한 25유로짜리 침대도 아늑하게만, 촌스러운 꽃무늬 벽지도 낭만적으로만 느껴졌다. 부부 싸움을 하고 나면 냉랭한 분위기가 우리를 짓누르곤 한다. 하지만 사실 행복한 기억 한 조각이면 우리는 다시 떠오를 수 있다.

수녀원과 교도소

프랑스 바흐슈흐오브(Bar-sur-Aube) — 끌레호브(Clairvoux)
15km, 7시간

신혼여행으로 순례길을 걷는다고 했을 때 주변 사람들의 반응은 다양했
다. "멋지다", "대단하다"라는 말을 듣기도 했고, 반대로 신혼여행은 쉬는
게 최곤데 후회할 거라는 이야기를 듣기도 했다. 또 건너 건너 "돈이 많나
보다"라는 말을 듣기도 했는데, 돈은 없는데 시간이 많고 잃을 게 없다고
대답했다. 정말 그랬다. 이삭은 NGO에서 일하다가 커리어를 완전히 바꿀 계획으로 퇴사
한 시점이었고, 나는 말 그대로 졸업장만 많은 백수였다. 처음 반응은 다양했다 하더
라도 결국 길을 걷는 내내 친구들과 가족들의 응원이 이어졌다.

우리가 어제처럼 소소하게나마 호텔에서 자고 레스토랑에서 식사하는
호사를 누릴 수 있었던 건 이삭 친구들 덕분이었다. 이삭 친구들은 대부
분 미국에 살고 있어 한국에서 한 결혼식에 참석하지 못했는데 축의금 대
신 크라우드 펀딩으로 신혼여행 자금을 모아 주었던 것이다. 크라우드 펀
딩에 참여한 친구들은 10유로를 보내 간식을 사 먹게 해 주면 엽서를, 50
유로를 보내 레스토랑에서 식사를 할 수 있게 해 주면 기념품을 보내 줘야

한다는 귀여운 다짐까지 우리에게 받았다. 그렇게 모인 금액은 중간중간 소소한 사치를 부릴 때 한결 마음을 편하게 해 줬다.

또 우리는 매일 인스타그램으로 순례길 사진을 업로드해 짤막한 소식을 나누고 있었는데, 많은 친구들이 응원 메시지를 남겨 줬다. 우리 소식을 듣기 위해 인스타그램을 지웠다가 다시 깔았다는 지인도 있었고, 우리가 많이 지친다는 글을 쓴 날이면 매일 아침 응원하고 있다는 댓글이 꼭 달렸다. 중간중간 만나는 낯선 천사들뿐만 아니라 우리의 오랜 천사, 친구와 가족들이 함께하는 순례길이었다.

드디어 지겨웠던 로만웨이도 끝나고 오늘은 숲과 샴페인 농장을 지나는 울퉁불퉁한 언덕길을 걷고 있었다. 어제의 싱겁지만 극적인 화해 덕분에

걷는 내내 분위기가 화기애애했다. 고프로를 세워 놓고 샴페인 농장을 배경으로 번갈아 가며 춤추기도 하고, 우중충한 날씨에 아랑곳하지 않고 꽃을 들고 사진을 찍기도 했다.

오늘의 목적지인 끌레호브는 과거에는 커다란 수녀원이 있는 도시였다. 그런데 지금은 수녀들의 숫자가 줄어 원래의 수녀원 건물은 교도소로 사용하고 있고, 게스트 하우스로 쓰던 조그마한 건물을 수녀원으로 사용하고 있다고 했다. 예전의 수도원이자 지금의 교도소 건물은 어마어마하게 큰 데 반해 우리가 머물게 될 수녀원의 작은 건물을 직접 두 눈으로 보니 마음이 이상해졌다. 안 그래도 작은 수녀원에 80세는 넘어 보이는 수녀님

세 분만이 이 건물을 지키고 있다는 사실이 더 쓸쓸하게 느껴졌다.

하지만 그런 생각들이 무색하게 수녀님 세 분은 우리를 최고의 손님으로 대접해 주셨다. 처음 숙소에 들어갔을 때 진흙이 잔뜩 묻었던 신발이라 아무리 털어도 깔끔한 바닥에 흙이 계속 떨어졌는데, 그걸 보고도 단 한 번도 싫은 내색하지 않으셨다. 저녁 식사 시간에는 주황빛 체크무늬 식탁보 위에 따뜻한 음식과 그 음식들보다 더 따뜻함이 느껴지는 영어사전이 있었다. 프랑스어를 못하는 우리와 대화하기 위해 일부러 준비해 두신 것이었다. 커스터드 크림과 딸기, 쿠키와 머랭까지 풀코스 식사를 마친 뒤에는 이곳을 지나간 순례자들의 사진을 구경했다. 그리고 그 사진들 중 프랑슈아와 브리짓 부부의 반가운 얼굴도 만났다. 반가운 마음에 당장 사진을 찍어 프랑슈아 아저씨에게 메일을 보냈다. 걷는 동안은 1000년이 넘는 비아 프란치제나의 역사를 체감하기가 쉽지 않지만 종종 이렇게 이 길을 걸은 순례자들의 수많은 기록을 보고 나면 새삼 그 긴 역사가 느껴졌다. 또 우리도 이 역사 안에 발자국을 남기고 간다는 사실에 설레기도 했다.

수녀님들과의 즐거운 식사 시간을 마치고 숙소로 돌아와 침대에 누웠을 때, 다시 커다란 교도소와 그 옆에 살고 있는 수녀님 세 분을 생각했다. 그러다 문득 넓은 바다를 썩지 않게 하는 건 3프로의 소금이라는 말이 떠올랐다.

마음만은 부자

프랑스 끌레호브(Clairvoux) – 샤또빌랑(Châteauvillain)
(25.2km, 9시간 28분)

어제 일찍 도착해서 오래 쉬었던 덕분에 오늘은 아침 7시 30분에 이른 출발을 할 수 있었다. 신나게 출발하는데 뭔가 두고 온 것 같은 찜찜한 기분이 들었다. 예상은 적중했다. 출발한 지 10분도 안 되어 부은 발목을 위해 샀었던 아이스 젤을 놓고 왔다는 것을 깨달았다. 아침에 수녀님들과 인사를 나누고 무사히 마무리하라는 응원도 받고 쿨하게 떠났는데 10분 만에 다시 문 앞 종을 울려야 했다. 보통의 여행이었거나 일상에서였다면 10유로 정도 하는 아이스 젤을 그냥 새로 샀겠지만 순례길에서 갖고 다니는 모든 물건들은 정말 꼭 필요한 것만을 남긴 것에다가 다시 사기에는 돈 낭비였다. 그렇게 길 위에서는 누구나 절제된 미니멀 라이프를 살게 된다.

두고 온 아이스 젤을 챙기고 다시 길을 떠난 우리는 처음 보는 아침 순례길 풍경에 자꾸만 걸음을 멈췄다. 마을을 지나 숲속으로 들어갔을 때는 그 풍경이 더 아름다웠다. 숲이 잠에서 깨는 소리, 새가 지저귀는 소리 그리고 쭉 뻗은 소나무 사이로 햇빛이 내려오는 소리까지. 추운 날씨는 아니

었지만 숲이라 온도가 낮아서인지 강 따라 산을 올라가는 길에는 입김이 나왔다. 순례길을 시작한 지 20일이 넘어서야 이른 아침에 출발하는 게 이래서 좋구나를 체감했다.

강을 만나자마자 우리는 피곤했던 발을 차가운 물에 담갔다. 물은 상상 이상으로 차가웠다. 나는 끼아악 소리를 내며 발을 넣었다 뺐다를 반복했고, 이삭은 이미 물에 발을 담그고 숲의 경치를 감상하고 있었다. 나도 그 옆에 가만히 앉아 발을 조금씩 담그고 있으니 서서히 고통스러운 차가움

은 사라지고 시원하게 발의 피로가 풀렸다. 그리고 상쾌한 공기 속에서 물
에 발을 담그고 새소리를 들으며 수녀님들이 싸 주신 샌드위치를 먹었다.
사람 하나 동물 하나 지나가지 않는 고요한 숲속에서 잠깐의 휴식 시간을
보내고 우리는 다시 신나게 걷기 시작했다.

　오늘의 숙소 선택지는 2개였다. 사랑스러운 장소라고 순례자들이 추천하는 70유로 정도 되는 B&B와 차가운 물이 나온다는 싼 값의 순례자 숙소 지떼였다. 우선 B&B는 평이 너무 좋아서 전화를 걸어 혹시 할인이 가능한지 물어보기로 했다. 어제 지출이 적었기 때문에 50유로까지 해 준다면 그곳에서 자도 괜찮겠다는 우리 둘 사이에 말 없는 합의를 본 상태였다.

그런데 '사랑스러운 장소'라는 이름표와는 달리 우리가 50유로를 제안하자마자 숙소 주인분은 "It's next to nothing!" 그건 거의 안 받는 거지 이라고 하며 할인은 안 된다고 했다. 우리가 너무했나 싶기도 했지만 순례자에게 50유로는 그야말로 하루 예산 전부였기 때문에 우리는 하는 수 없이 이 숙소를 포기했다. 결국 찬 물만 나온다는 순례자 숙소에서 자기로 하고 남은 길을 걸었다.

숙소에는 이미 우리 말고도 두 사람이 더 머물고 있었다. 그 친구들은 이 근처 숲에서 곤충들을 연구하려고 두 달 정도 여기서 지내고 있다며 밝은 얼굴로 인사를 했다. 친절한 학생들은 우리의 다 떨어진 빨래 세제도 인심 좋게 채워 줬다. 그런데 '잠깐, 이 숙소는 찬물밖에 안 나온다고 했는데 그럼 저 친구들은 두 달 동안 찬물 샤워를 했다는 건가' 하며 속으로 놀라고 있었는데 다행히 샤워기에서는 따뜻한 물이 줄줄 나왔다. 그리고 저녁을 먹기 위해 숙소를 나와 조금 걷자 기대하지 않았던 레스토랑도 보였다. 저녁을 간단히 때워야 할 거라고 생각했는데 레스토랑에서 식사까지 마친 우리는 마치 로또에 맞은 기분이었다. 생각지도 못한 따뜻한 샤워를 할 수 있었고, 레스토랑에서 배불리 식사도 할 수 있었다. 레스토랑에서 양껏 음식을 시켜 먹고 식전 빵과 남은 햄, 버터로 내일 아침까지 챙기고 나니 그렇게 마음이 부자일 수 없었다.

수녀원에서 머문 날

프랑스 샤또빌랑(Châteauvillain) – 생루프 쉬르 오종(Saint-Loup-sur-Aujon)
31km, 10시간

오늘 우리가 걷게 될 길은 365일 사냥을 할 정도로 야생 동물이 많다는 숲이었다. 서울에서만 평생을 살아온 나는 야생 동물을 한 번도 본 적이 없어서 무서움 반 설렘 반이었다. 지도책에는 이 길을 설명하면서 혹시 사냥꾼들이 동물로 오해할 수도 있으니 밝은 옷을 입고 가라는 무시무시한 문구가 적혀 있었다. 그렇게 형광색 방수 커버를 가방에 씌우며 만반의 준비를 하고 길 초입에 다다랐다.

늘 걷던 숲속 길임에도 왠지 쥬라기 공원 같다면서 어떤 동물을 만나게 될지 상상하며 우리는 숲속을 걷기 시작했다. 동물들이 낯선 침입자를 피해 숨은 것인지 한참을 걷는 동안 우리가 만난 것이라곤 버려진 헬리콥터와 자동차 바퀴가 전부였다. 괜히 아쉬운 마음에 "야생 헬기네!", "야생 바퀴다!" 하며 장난치고 있었는데, 저 멀리서 사슴 한 마리가 토도독하고 뛰어갔다. 그 뒤로 놀랄 새도 없이 지나간 다섯 마리의 사슴은 뛰는 모습이 마치 숲속의 요정 같았다.

그렇게 숲속 길을 한참 걷다 오전 11시쯤 되었을 때 우리는 오늘 묵을 숙소를 찾아보기 시작했다. 그런데 어쩐 일인지 오늘 우리가 도착할 도시의 숙소 리스트에 모두 전화를 걸어 봤지만 아예 전화를 받지 않거나 전화를 받아도 더 이상 숙소를 운영하지 않는다는 것이었다. 결국 모든 숙소에 엑스표가 그려졌고 오직 한 곳만이 남았다. 그런데 그 숙소 설명에 수녀님들이 모두 90세가 넘어서 곧 문을 닫을 것 같다고 적혀 있었다. 이 숙소 리스트가 얼마나 오래된 것인지 몰랐기에 희망을 내려놓고 안 되면 캠핑을 하기로 하고 전화를 걸었다. 수화기 너머로 90세라기엔 너무도 정정한 목소리가 들려왔다. 그리고 수녀원 이름은 바뀌었지만 순례자들을 재워 줄 수 있고 저녁 식사도 줄 수 있다는 반가운 대답도 들었다. 수녀님의 밝은 목소리에 우리는 발걸음을 재촉했다.

오늘 우리가 걸어온 거리는 31km. 지금까지 걸은 거리 중 가장 긴 거리였기에 숙소에 도착하기도 전에 우리의 체력은 이미 고갈되었다. 아직 3km 정도 더 걸어야 했는데 시간은 이미 저녁 7시가 넘었고, 길에는 어둠이 깔리기 시작했다. 엎친 데 덮친 격으로 숲속 여기저기에서 멧돼지 발자국도 보였다. 우리는 남아 있는 힘을 짜내 8시가 다 되어서야 드디어 수녀원이 있는 마을에 도착했다.

수녀원 앞에 도착해서 벨을 누르고 마음을 졸인 채 대답을 기다렸다. 혹시나 우리가 너무 늦게 도착해서 문을 안 열어 주면 어쩌지 하는 생각에 그 짧은 몇 분 동안 오만가지 생각이 다 들었다. 다행히 문이 열렸다. 우리는 조마조마한 마음으로 어둑한 복도를 지났다. 그러자 저 멀리서 수녀님들이 동그랗게 원을 그리고 모여 앉아 우리를 기다리고 있는 모습이 보였다. 필리핀, 에콰도르, 영국, 호주 등 다양한 나라에서 모인 수녀님들은 인종과 연령대는 달랐지만 하나같이 유쾌하셨다. 그리고 대화를 나누다가 알게 되었는데 사실 이 수녀회는 봉쇄 수도회라서 수녀님들과 우리가 이렇게 마주 보고 대화하는 것이 원칙적으로는 금지되어 있지만, 마침 수녀원을 새로 정비하는 단계라서 이렇게 만날 수 있었다고 했다. 간단히 인사를 마치고 영국 수녀님이 식사 장소로 우리를 안내해 주시는 길에 이삭과 짧은 대화를 나누었다.

"오늘 너무 늦게 도착해서 수녀님들과 더 이야기 나누지 못해 아쉬워."
"우리 그냥 내일 걷지 말고 여기서 하루 쭉 머물까?"

10분도 안 되는 짧은 만남이었지만 수녀님들의 친절함과 유쾌함, 장난기 어린 말투와 표정에 알 수 없는 따뜻함을 느낀 우리는 이곳에서 시간을 더 보내고 싶다는 생각이 머릿속에 스쳤다. 식사를 하며 수녀님들과 대화를 나누는데 우리가 신혼여행으로 순례길을 걷고 있고 멀리서 온 한국 사람이라는 것을 알게 된 한 수녀님이 아쉬우니 조금 더 머물다 가면 좋겠다고 했다. 우리는 이 때를 놓치지 않고 내일 오후까지 여기서 좀 더 쉬어도 될지 여쭤보았다. 밝은 얼굴로 얼마든지 편하게 쉬다 가라고 하는 수녀님의 말에 우리는 내일 조금 더 이곳에 머물기로 했다.

다음 날 수녀원 산책도 하고, 미사도 드리고, 일기도 쓰며 우리는 충분한 휴식 시간을 보냈다. 우리는 오후 기도가 끝나면 출발하기로 했다. 수녀님들은 오후 기도가 끝난 후 도착했을 때와 마찬가지로 다 함께 우리를 배웅해 주셨다. 수녀님들과 기념사진을 찍고 영상까지 찍었는데, 한 수녀님이 순례길의 종착지인 로마에도 이 수녀회가 운영하는 숙소가 있으니 이 영상을 보여 주라고 하며 이렇게 말했다.

"여기 이 부부에게 바티칸이 잘 보이는 최고의 방을 주도록 해요. 공짜로!"

다 같이 환하게 깔깔 웃으며 찍은 이 영상을 우리는 지금도 가끔 꺼내 보며 미소 짓곤 한다. 만 하루도 채 머물지 않았던 장소였지만 떠나는 게 몹시도 아쉬웠다. 우리에게 겹친 몇 겹의 운이 떠올랐다. 이 수녀원이 새로 정비되기 전이었다면 우리는 멧돼지 발자국 옆에 텐트를 치고 밤을 보내야 했을 것이다. 우리는 숙소를 미리 예약하지 않고 다녔기에 이런 아슬아슬한 순간이 거의 매일 이어졌다. 그랬음에도 이 생활을 유지했던 건 매일을 예측하기 어려웠기 때문도 있었고 다소 헐렁한 우리의 성격도 한몫했다. 그래도 덕분에 순례길이 지루하지 않았고, 생각지도 못한 행운과 인연에 감사할 줄 알게 됐다. 영화 〈시스터 액트〉가 떠오르는 유쾌한 수녀님들을 만날 수 있었던 것처럼 말이다.

푸른 눈의 한국인

프랑스 귀욘벨(Guyonvelle) - 랑그레스(Langres)
차로 이동

오늘은 이삭과 한국에서 인연이 있었던 캐서린을 만나는 날로 비아 프란치제나 길을 살짝 벗어나 보기로 했다. 이삭은 캐서린을 충청도의 한 천주교 성지에서 만났다고 했다. 캐서린 아주머니는 한국에 천주교를 전하러 왔다가 순교한 성인 위앵 마르티노 루카 신부님의 후손이었다. 촌수를 계산해 보자면 조카 손주쯤이었다. 캐서린은 프랑스 소규모 단체와 함께 한국에 있는 위앵 신부님의 유해와 흔적을 보러 1년 전 한국을 방문했고, 그 성지에서 이삭을 만났다. 사실 이삭과도 끽해야 2시간 만났던 것이 다라서 캐서린이 우리 연락을 받아 준 것도 신기한 일이었다. 캐서린도 우리가 신기한 듯했다.

"나를 잘 모를 텐데! 내가 지금 여러분을 어디로 납치할 수도 있는 거예요!"

관광 안내소에서 일했던 경력 덕분에 영어를 유창하게 하는 캐서린이 장난스럽게 얘기했다. 오늘 머물게 될 곳은 캐서린의 친정집이자 위앵 신부님의 고향 귀욘벨이라는 도시였다. 그곳에 도착하니 캐서린의 어머니와 딸 앨리스가 우리를 기다리고 있었다. 앨리스는 이제 막 중학생이 된 귀여운 아이였는데, 헤어질 때까지 우리를 만난 것이 너무 행복하다고 다섯 번쯤 말했다. 우리도 귀여운 앨리스와 있는 시간이 무척이나 즐거웠다.

밤이 되자 밤하늘 가득히 별자리가 펼쳐졌다. 우리는 캐서린에게 잠깐 나갔다 와도 되겠냐고 아이들처럼 물어보고는 앨리스와 함께 달려 나갔다. 처음에는 하늘에 갖다 대면 별자리 이름을 알려 준다는 앱을 켜고 별자리 찾기를 하며 조잘조잘 이야기하다가 이내 핸드폰을 내렸다. 그리고 우리 셋은 동그랗게 모여 서서 하늘을 한참 동안 바라봤다. 다음 날 귀욘벨을 떠나며 순례자 여권에 남길 도장 대신 앨리스에게 그림을 부탁했다. 앨리스는 셋이 모여 별이 빛나는 하늘을 바라보던 장면을 연필로 정성껏 남겨 주었다.

떠나기 전 우리는 귀욘벨의 한 성당에 들렀다. 많은 한국 사람들이 이름도 처음 들어 보았을 시골 귀욘벨의 작은 성당에는 태극기가 걸려 있다. 그뿐만 아니라 위앵 신부님의 삶을 짜 놓은 그림에 한복을 입은 사람들도 함께 그려져 있다. 위앵 신부님이 조선 사람들을 사랑한 것처럼 캐서린은 우리에게 식사를 대접해 주고 다음 날 숙소까지 알아봐 주었고, 캐서린의 어머니는 작고 예쁜 조각상 두 개를 선물로 주셨다.

순례길 일기장_리나

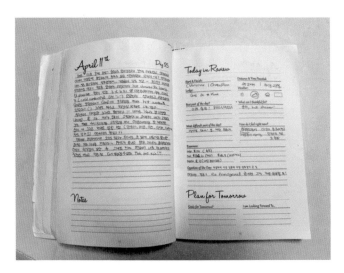

순례길을 걷는 동안 나는 거의 매일 일기를 적었다. 덕분에 이렇게 몇 년이 지난 후에 책으로 이야기를 정리할 수 있었다. 사진은 또박또박 글씨를 적은 부분을 찍었지만 실제로는 지렁이 같은 글씨가 대부분이다. 책을 쓰면서 알아볼 수 없는 글씨에 속상하기도 후회스럽기도 했지만 20~30km를 걷고 나서 인스타그램 게시물 업로드와 일기까지 썼다고 생각하면 그저 당시의 내가 대견할 따름이다.

mirror

시간이 지나도 순례길이 참 많이 그리운 이유는 이런 작은 것들이었다.
바깥에서 먹는 식사나 햇볕에 말리는 빨래
그리고 서로를 보며 깔깔 웃던 순간들.

reflection

안개를 지나면 만나는 호텔

프랑스 랑그르(Langres) - 쿨몽(Culmont)
20km, 7시간

이른 아침, 높은 언덕 위 랑그르의 성벽에는 안개가 자욱이 깔려 있었다. 수녀원과 캐서린의 집에서 휴식 시간을 가진 우리는 오랜만에 다시 길에 올랐다. 직장인의 월요일 아침이 그렇고, 등산객의 잠깐의 휴식 뒤 등반이 그런 것처럼 무슨 일이든 쉬었다가 시작하면 다시 그 리듬을 타는 데까지는 조금의 시간이 필요하다. 이틀 정도 걷는 것을 멈췄다가 다시 길에 오르니 초반에는 꽤나 걸음이 무거웠다. 자욱한 안개를 뚫고 성벽을 내려가고 있으니 문득 한국으로 돌아가 6개월 넘게 쉬고 있는 고시 공부를 다시 시작할 생각에 아득해졌다. 사실 반 정도는 도망치는 마음으로 온 순례길이라 돌아갔을 때의 삶을 생각하면 머리가 어지러웠다.

그렇지만 나는 지금 순례길을 걸으며 '걷기'라는 하루의 의무가 있었고, 그 의무를 다하고 난 뒤 밤이 되면 어떤 고민을 할 겨를도 없이 단잠에 빠졌다. 낮에도 걷느라, 숙소 생각하느라, 밥 생각하느라 다른 것을 고민할 시간은 없었다. 순례길을 걷는 동안 몸은 힘들었을지 몰라도 내 마음과 정신은 내 인생에서 가장 건강했다. 그렇게 돌아가서의 걱정은 안갯속에 던져두고 조금 더 걷자 햇살이 비추기 시작했다. 깨끗한 호수가 보여 가까이 가서 보니 바람 한 점 불지 않아 그 호수는 말 그대로 세상을 비추는 거울 같았다. 우리는 거울을 깨뜨리듯 물수제비도 던져 보며 쨍한 햇빛 아래 호숫가를 걸었다. 다시 길에 오르는 것이 쉽지는 않았지만 리듬을 타고 나니 20km 정도 평지를 걷는 것쯤은 가볍게 느껴졌다.

캐서린은 우리를 랑그로 데려다주며 오늘은 어디서 묵을 거냐고 물었다. 마땅한 숙소가 없는 도시였기에 숲속에서 야영을 할 생각이라 답했는데 캐서린이 그럴 수는 없다며 갑자기 분주해졌다. 그리고는 이곳저곳에 전화를 돌리더니 이내 밝은 표정으로 주소가 적힌 메모지를 우리에게 건넸다. 오늘의 목적지인 쿨몽에 도착해 캐서린이 알려 준 주소의 문을 두드리니 인상 좋은 아주머니와 아저씨가 문을 열어 주며 외쳤다.

"순례자 커플!"

짧은 불어로 잠깐의 인사를 나누고 2층에 우리가 묵을 방으로 갔다. 호텔이 크지는 않았지만 방은 안락했고 깨끗했으며 창문으로 보이는 숲속 뷰도 마음에 쏙 들었다. 저녁 식사는 이 호텔에 묵고 있는 벨기에 아주머니와 프랑스 부부 그리고 주인 부부와 함께 했다. 불어로 정답게 오고 가는 대화 속에서 투명 인간인 척 식사하고 있는 우리에게 벨기에 아주머니가 말을 건넸다.

"우리 아들도 순례길을 걷고 있어요."

아들에게 연락이 거의 안 오는데 무소식이 희소식이려니 하고 있다며 어깨를 으쓱하셨다. 그러면서 우리는 부모님에게 어떻게 연락하고 있냐는 말에 인스타그램에 매일 소식을 올려 부모님의 걱정을 덜어드리고 있다고 했다. 그리곤 우리 아들도 그랬으면 참 좋겠다는 말과 함께 우리의 인스타그램 주소를 물어보셨다. 다음 날 팔로워가 1명 더 늘어났는데, 팔로워 0명 팔로잉 1명인 벨기에 아주머니의 갓 만든 인스타 계정이었다.

다음 날 체크아웃하기 전, 아침 식사를 마치고 그릇을 정리하는 아주머니를 따라 부엌으로 들어갔다. 괜히 다른 투숙객들 앞에서 숙박비를 물어보기에는 민망해서였다. 어떤 호텔이라도 이런 식사와 방을 50유로에 제공하지는 않을 것 같았다. 낮은 부엌 천장과 좁은 통로를 따라 조심스럽게 들어가는 동안 우리 마음도 쪼그라들었다.

"저기… 우리 숙박 비용은 얼마를 내면 될까요?"

우리의 서툰 프랑스어에 아주머니는 조금 더 멀리 있는 아저씨를 살짝 보더니 소탈하게 웃으며 말했다.

"Zéro. 안 내도 돼요."

깜짝 놀라 힉 소리가 저절로 나왔다. 흥정 뒤에 할인을 받고 나면 항상 덧붙여지는 '손님만 해 드리는 거니까 어디 가서 말하면 안 돼요' 같은 말도 없었다. 언어의 장벽이 있으니 많은 감사의 말을 건넬 수는 없었지만 그 마음이 너무 감사하고 또 감동적이었다. 안개를 지나고 만난 그 호텔 부부의 마음은 성벽에 자욱하던 안개보다도 더 신비로웠다.

정 情

프랑스 쿨몽(Culmont) - 그흐넝(Grenant)
20km, 7시간

　쿨몽에서 출발한 뒤 다음 목적지가 될 만한 도시들을 숙소 리스트에서 훑었다. 그런데 적당한 예산으로 머물 만한 숙소가 있는 곳이 한 군데도 없었고 그래서 어느 도시까지 가야 할지도 감이 안 왔다. 그래도 순례길 한 달 차인 우리는 간이 제법 커져서 될 대로 되라는 마음으로 일단 길을 떠났다.

　이른 오후에 그흐넝이라는 도시에 도착했을 때 지도를 다시 펼쳤다. 다음 마을까지는 7km 정도. 숙소가 정해져 있다면 기운을 내서 걸을 만한 거리였고 아직 시간도 충분했다. 하지만 따뜻한 음식과 침대가 기다리고

있다는 것을 알고 걷는 7km와 불확실함 속에 걷는 7km는 다른 이야기였
다. 마을 회관에 텐트 칠 곳이라도 청해 볼까 했지만 문은 굳게 잠겨 있었
고 우리가 도착한 월요일에는 문을 열지 않는다는 글만 적혀 있었다. 아직
시간이 이르니 우리는 서둘러 숙소를 찾기보다는 마을 회관 앞에서 조금
쉬어가기로 하고 할 일 없이 여유롭게 앉아 있었다.

그흐넝은 아주 작은 마을이었다. 우리는 30채 정도 되는 작은 마을의 집
들을 구경하고 나서 강가에 앉아 다리를 건너는 사람들을 구경했다. 그러
던 중 예술가처럼 보이는 멋쟁이 아저씨가 우리를 힐끔거리다가 다가왔다.

"어디서 온 거예요?"

먼저 아저씨의 너무 좋은 영어 발음에 놀랐고, 우리 사정을 진심으로 걱정해 주는 듯한 눈빛에 한 번 더 놀랐다. 잠깐의 대화 끝에 아저씨가 떠나고 이번에는 꽃을 든 아주머니가 다가왔다. 아까의 호의가 또 찾아올 거라 기대하지 않았던 우리는 배낭을 주섬주섬 챙기고 있었는데, 가까이서 보니 아주머니의 심각한 표정에는 경계가 아니라 걱정이 담겨 있었다. 그리곤 마을 회관을 열어 줄 이장님 아내분 번호가 집에 있다며 우리를 집으로 초대했다. 우리가 마을에 도착하고 이장님과 통화를 한 뒤 우리의 숙소가 마을 회관 옆 체육관으로 정해지기까지는 2시간이 채 걸리지 않았다.

그날 우리는 도움을 청한 것도 아니었다. 그저 잠깐의 여유를 부리며 그냥 앉아 있었던 것뿐이었는데 여기저기서 낯선 천사들이 나타났다. 순례길을 통해 세상이 아직 살 만한 곳이라는 것을 그리고 좋은 사람들이 정말 많다는 것을 새삼 알게 된 순간이었다. 정이 많은 프랑스 작은 마을의 온기에 마음을 빼앗긴 이삭은 그날 밤 프랑스 부동산 사이트를 뒤지며 이 동네 집값을 알아보기 시작했다.

와이너리

프랑스 그흐닝(Grenant) — 샹플리트(Champlitte)
20km, 6시간 40분

그흐닝 마을을 벗어나자마자 사람 하나 없는 너른 들판이 이어졌다. 처음에는 새소리를 들으며 조용히 경치를 즐기다가 지루해질 때쯤 노래를 틀었다. 이삭과 나는 배낭을 메고 워킹 스틱을 흔들며 현란한 스탭과 함께 춤을 췄다. 날도 적당히 맑았고 어제 마을 회관에서 푹 쉬어서 그런지 발걸음도 가벼웠다. 덕분에 오늘의 목적지인 샹플리트에 이른 오후 3시쯤 도착했다. 드디어 오늘, 우리도 보통 순례자들이 보내는 하루를 보낼 수 있게 되었다.

오늘의 숙소는 순례자용 숙소로 세탁기를 사용할 수 있었고, 간단하게 음식을 해 먹을 수 있는 공유 주방도 있는 곳으로 순례자들에게 추천하고 싶은 곳이다. 그리고 합리적인 가격이나 깨끗한 시설도 추천하는 이유 중 하나지만 특별한 이유가 하나 더 있다. 바로 숙소 주인이 와인 제조 공장을 바로 옆에서 운영하고 있다는 점이다. 덕분에 생전 처음으로 와인 창고를 구경할 수 있었는데, 현대식 창고가 아니라 꽤 오래전에 지어진 듯한 돌벽으로 쌓아 올린 지하 창고였다. 주인아저씨는 우리에게 숙성 중인 와인 몇 가지를 맛보여 주셨다. 나는 지금도 그때도 고기엔 레드, 해산물엔 화이트 정도밖에 모르는 와인 초보여서 시큼한 맛이 나는 와인들을 한 입씩 맛보고는 이삭에게 잔을 넘겼다. 하지만 이때 마신 와인과 와인 창고 공기가 문득 떠오를 때면 와인 한 잔이 생각나곤 한다.

 4월 말, 이제는 날이 조금씩 더워져서 이른 여름 맞이로 쪼리를 꺼내 신
고서 장을 보기 위해 시내로 나갔다. 순례길에서 우리는 항상 배가 고팠
고 배가 고픈 상태로 장을 보면 양이 어마어마해졌다. 그날도 냉동 피자 두
판, 샐러드, 올리브 조림, 크림 파스타 재료를 한가득 들고 돌아왔다. 이삭
이 요리하는 동안 나는 숙소 발코니 양쪽 기둥에 빨랫줄을 설치하고 빨래
를 널었다.

　숙소에는 작은 마당과 간이 식탁, 의자도 있어서 우리는 야외에서 저녁 식사를 하기로 했다. 이삭이 준비한 파스타, 샐러드, 피자가 작은 식탁에 빈틈없이 놓였다. 식사를 하는 동안 빨랫줄에 걸린 빨래가 너울거렸는데, 쨍쨍한 햇볕과 솔솔 부는 바람이 빨래를 잘 말려 줄 것 같아 괜스레 기분이 좋아졌다. 나는 한국에서 햇볕 바로 아래에서, 그것도 이렇게 야외에서 빨래를 널어본 적이 없다. 시간이 지나도 순례길이 참 많이 그리운 이유는 이런 작은 것들이었다. 바깥에서 먹는 식사나 햇볕에 말리는 빨래 그리고 서로를 보며 깔깔 웃던 순간들.

사진 수업

프랑스 샹플리트(Champlitte) − 덩삐에흐−슈흐−쌀롱(Dampierre-sur-Salon)
20km, 6시간 55분

지금까지 우리 순례길의 사진 담당은 자연스럽게 이삭이었다. 이삭은 대학 강의로 사진을 배운 적이 있었고, 그 후로도 사진 찍는 일을 즐겼기 때문에 카메라를 능숙하게 다룬다. 반면 나는 고등학교 미술 시간 때 열심히 그린 그림이 D를 받은 이후로는 예술과 관련된 것들과는 담을 쌓고 살았다. 사진도 내게 마찬가지였다. 또 사진 찍는 걸 좋아하지 않으니 사진 위주의 SNS인 인스타그램도 거의 하지 않았다.

하지만 순례길 시작 이후로는 이야기가 달라졌다. 매일의 순례길 기록을 남기기 위해, 부모님과 친구들과 소통하기 위해 시작한 순례길 인스타그램은 재미가 쏠쏠했다. 잘 지내고 있냐는 안부 댓글이 대부분이었지만 인스타그램을 이제 막 시작한 나에게는 꽤나 재밌는 놀이였다. 우리가 보낸 하루를 예쁘게 정리하는 느낌이랄까? 밤마다 그날 찍었던 사진 중에서 가장 잘 나온 사진을 고르고, 명도나 채도 같은 걸 적절히 보정해 올리고 나면 순례길 하루하루가 다채로워지는 느낌이었다. 시간이 조금 지나자

슬금슬금 나도 카메라를 들고 싶어졌다. 그리고 무엇보다 이삭 사진이 별로 없었다. 둘이 셀카로 찍은 사진 말고 이삭이 나를 찍어 주듯이 나도 이삭을 예쁜 배경에서 찍어 주고 싶었다.

마침 오늘은 날이 맑았고 아침에 바쁘게 걸은 덕분에 시간적 여유도 있었다. 사진 수업을 받기 좋은 날이었다. 내가 열심히 카메라를 들고 따라다니자 이삭은 기특하다는 표정으로 간단한 원리를 알려 줬다. 고급 기술을 배우기에는 아직 무리였고 간단히 구도 잡는 법부터 배웠다. 이삭의 말을 듣고 사진을 찍으면 마치 족집게 과외를 받은 것처럼 사진이 좋아졌다. 그날은 하루 종일 마음에 드는 배경이 나타나면 이삭을 세웠다. 이삭은 유채꽃밭에서는 머쓱해하며 자기도 고프로를 들었고, 다리 위에서는 시키는 대로 다리도 꼬아 줬다.

내가 카메라를 잡으니 이삭은 고프로로 열심히 영상을 찍었다. 그러다 숲에서 쉬며 간식을 먹을 때 이삭은 내셔널 지오그래픽 야생 리나 편을 찍는다면서 수풀 뒤에 숨어 고프로를 들고 중얼거렸다.

"야생 리나는 아주 예민한 생물입니다. 조금 더 가까이 가 봅시다.
우리 팀은 야생 리나를 한 달 동안 쫓고 있습니다."

그렇게 나는 이삭을 찍고 이삭은 나를 찍으며 하루를 보냈다. 말을 보면 무조건 이파리를 들고 다가가 먹여 보려는 이삭, 물만 보면 양말을 벗는 이삭, 이삭만 보면 웃음이 터지는 나. 그날 밤 인스타그램에는 이삭 사진 네 장과 내 사진 한 장이 올라갔다.

열세 살의 동반자들

프랑스 덩뻬에흐−슈흐−쌀롱(Dampierre-sur-Salon) − 뷔시−레−기(Bucey-lès-Gy)
20km, 8시간

우리의 신혼여행은 벌써 한 달이 넘었다. 둘이서 도란도란 걷는 것도 즐거운 일이지만 때로는 새로운 동행이 있는 것도 즐거웠다. 그래서 일주일 전쯤 귀욘벨에서 만났던 캐서린의 딸, 앨리스와 친구들이 우리와 함께 걷고 싶다고 했을 때 우리는 두 팔 벌려 환영했다.

캐서린의 가족과 친한 빈센트 신부님도 오신다기에 우리는 10km 조금 안 되게 걷는 것으로 일정을 잡았다. 먼저 우리가 중간 지점까지 걷고 점심시간에 만나서 함께 피크닉을 하기로 했다. 오전 시간을 부지런히 걸은 덕분에 먼저 도착한 우리는 풀밭에서 낮잠을 자기로 했다. 작은 성당 앞 너른 잔디밭에 자리를 잡고 누웠다. 차도 사람도 좀처럼 돌아다니지 않는 한적한 동네라 마음이 편했는지 평소 같았으면 이삭이 먼저 잠들었을 텐데 그날은 내가 먼저 침까지 흘리며 숙면을 취했다. 30분쯤 쉬고 나니 차 한 대가 오는 것이 보였다. 차에서 신부님, 아이들 셋 그리고 캐서린이 내리고 커다란 피크닉 박스와 사람 수대로 배낭 다섯 개까지 나왔다.

앨리스의 친구 토브는 안경을 낀 귀엽게 생긴 한국계 친구였다. 토브는 우리를 위해 작은 고추장과 김치까지 챙겨 왔다. 함께 먹을 음식이 파스타와 샐러드인 것이 애매했지만 그 마음이 무척 고마웠다. 다른 친구의 이름은 나렉으로 파키스탄 친구였다. 앨리스에게 연신 장난을 거는 모습이 내가 아는 중학생과 다르지 않았다.

피크닉을 마치고 캐서린은 짐을 챙겨 차로 이동하고 중간중간 우리와 만나 간식을 주기로 했다. 마치 마라톤을 뛰며 서포트를 받는 느낌이었는데 캐서린은 우리 배낭도 차에 함께 실어 옮겨 주려고 했다. 산티아고 순례 길에는 도착할 숙소까지 가방을 대신 옮겨 주는 서비스가 있다는데 그럼 오늘 하루쯤은 우리도 배낭을 맡겨도 되지 않을까 하는 고민에 빠졌다. 하지만 고민 끝에 우리는 배낭을 끝까지 들고 가기로 하고 대신 순례길을 경험해 보고 싶다고 했던 친구들에게 혹시 배낭을 메보고 싶은지 물었다. 우리의 제안에 토브와 나렉이 흔쾌히 해 보겠다고 했고 생각보다 무겁지만 또 생각보다 괜찮다며 꽤 오래 우리 가방을 메고 걸었다.

오늘은 마침 길도 평탄했다. 넓은 들판과 숲속에 차 한 대가 지나갈 만한 잘 닦인 길이 이어졌다. 우리는 걸으면서 배낭을 멘 토브와 나렉의 사진을 찍어 주기도 하고, 앨리스와 방학을 어떻게 보냈는지 소소한 이야기도 나누었다. 세 시간 정도 걷고 나서 우리는 숲속의 한 통나무 쉼터에서 멈췄다. 그곳에서 우리는 오늘의 길을 마무리하며 인사를 했고, 신부님은 우리의 길을 축복해 주는 간단한 기도를 해 주셨다.

돌담 쌓기 인생 쌓기

프랑스 뷔시-레-기(Bucey-lès-Gy) - 몽보용(Montboillon)

13km, 5시간

우리는 순례길을 걸으면서 자주 한눈을 팔았다. 아름다운 도시 아라스에서 3일을 통으로 쉬며 관광객 모드로 부활절을 즐겼던 일이나 시골 귀욘벨에서 순교자의 후손을 만났던 일은 그나마 계획된 한눈팔기였다. 숙소로 찾은 수녀원이 마음에 들면 그냥 하루 더 쉬는 것은 예사였고, 숙소 주인과의 아침 식사에 한두 시간을 보내는 건 기본이었다. 지금 다시 생각해 보면 우리는 참 자주 순례자라는 본분을 놓았다. 그런 날들이 가끔 양심의 가책을 느끼게 했지만 그래도 우리는 눈앞에 주어지는 모든 기회를 놓치고 싶지 않았다. 순례길 신혼여행이 특별한 건 목적만 바라보는 삶에서 벗어난 것이라 믿었기 때문이다. 그래서 우리는 마음을 다잡고 더욱 충실히 한눈을 팔았다. 오늘의 돌담 쌓기도 그중 하나였다.

어제 우리가 잔 숙소는 석공이 운영하는 곳으로 dry stone wall construction 이라는 기원전에 시작된 인류의 첫 건축 기술 중 하나를 전문적으로 하는 분이라고 했다. 한국어로 번역하자면 돌담 쌓기쯤 될까? 풀이나 시멘트 등

자재를 붙이는 접착제를 일절 쓰지 않고 건물을 짓기 때문에 무엇보다 꼼꼼하고 정교한 기술이 필요하다고 한다.

　대학 때 건축을 공부했던 이삭은 숙소 주인분이 지금 단기 클래스를 운영 중이라는 이야기를 듣고는 흥분을 감추지 못했다. 나는 건축에 대해서는 잘 모르지만 이삭이 좋아하는 것들을 볼 때면 대체 무엇이 저렇게 눈을 반짝이게 하나 싶어 관심이 가곤 했다. 결국 오늘은 오후부터 길을 걷기로 하고 오전에는 돌담 쌓기를 경험해 보기로 했다.

돌담을 쌓을 때는 몇 가지 원칙이 있었다. 먼저 최대한 평평하고 큰 돌을 제일 처음 쌓는다. 앞면만 생각하며 쌓으면 윗면이 울퉁불퉁해져 다음 층을 쌓을 때 작업이 힘들어지기 때문에 되도록 좋은 돌을 알맞은 위치에 넣어 수평을 맞춰야 한다. 그리고 군데군데 생기는 빈틈은 알맞은 돌을 찾아 메꿔 넣어야 하는데 알맞은 돌이 없다면 바닥에 내리쳐 깎아 내야 한다. 연장을 사용해서 깎는 것은 가장 마지막 옵션이었는데 모든 돌에 알맞은 자리가 있듯 원래의 모양을 그대로 두며 쌓아 가는 것이 원칙이었다.

돌담 쌓기를 하고 있으니 어디에도 내 자리가 없는 것처럼 느껴지던 날들이 떠올랐다. 지난겨울, 임용 고시에 떨어지고 사립학교 정규직 서류 심사에 붙어 면접을 보러 다니던 그때가 떠올랐다. 내 경력에도 마음에도 꼭 맞는 학교는 아니었다. 하지만 나를 그 학교에 맞추기 위해 매일매일 수업을 시연하고 면접을 준비했다. 결국 5차 면접에서 떨어지고 며칠을 낙담했던 나. 그때도 돌담 쌓기를 알았더라면 언젠가는 내 모습 그대로 알맞게 쓰이는 날이 올 거라 믿고 편안히 기다릴 수 있었으려나. 땀을 뚝뚝 흘리며 침묵 속에서 돌을 하나씩 쌓아 가다 보니 고독 속에 깨달음을 얻는 도인이라도 된 기분이었다.

또 돌담 쌓기는 혼자 하는 작업이 아니었다. 다른 사람이 놓은 돌을 존중해 주어야 한다는 것도 돌담 쌓기의 원칙 중 하나다. 하나의 커다란 벽을

수습생 두 분과 이삭과 나 그리고 선생님까지 5명이서 함께 쌓았다. 우리
가 잘못 놓은 돌 때문에 수평이 맞지 않아 한 부분을 무너뜨리고 다시 쌓
기도 했지만 다 같이 인내심을 가지고 작업을 이어 갔다.

늦은 오후, 온몸이 먼지로 뒤덮여 샤워를 하고 오늘의 길을 출발하기로 했다. 오전 내내 땀 흘려 일하고 식사도 마치고 샤워도 했겠다 낮잠 한번 자면 완벽한 하루였을 테지만 우리는 더 늦기 전에 얼른 길을 걷기 시작했다. 어느덧 프랑스도 거의 여름 날씨가 다 되었다. 햇볕이 쨍한 오후부터 길을 시작해서 그런지 평소보다 힘이 들었다. 시원한 물을 몸에 뿌려 보기도 하고 긴 바지를 접어 올려 보기도 했지만 몸이 계속 축축 처졌다.

오늘은 다음 목적지까지 가는 건 무리인 것 같아 중간에서 텐트를 치기로 했다. 사실 오후 시간만 걸어서는 비아 프란치제나 지도상의 다음 목적지까지 가는 건 불가능했다. 우리는 해가 더 지기 전에 들판 위에 나무가 조금 모여 있는 작은 숲으로 몰래 들어갔다. 저녁 식사는 점심 때 먹고 남은 염소 치즈 파스타와 함께 싸 온 바게트, 치즈, 어제 얻은 고추장으로 해결해 보기로 했다. 사실 염소 치즈는 내 취향이 아니었는데 거기다 차갑게 식기까지 하니 영 입맛이 당기지가 않았다. 조금이라도 맛있게 먹어 보려고 고추장을 넣어 비볐는데 고추장까지 버린 셈이 되었다. 결국 부실한 저녁 식사를 마치고 급하게 친 텐트 안에 누우니 시간은 거의 밤 10시. 돌담 쌓기를 체험한 대가로 얻게 된 피로는 아마 내일까지 이어질 것 같았다.

화해의 바람

프랑스 몽보용(Monteboillon) - 브장송(Besançon)
히치하이킹 외 걸은 거리 14km, 5시간 20분

이제 막 결혼한 신혼부부 둘이서만 24시간 붙어 있는 것은 쉽지 않은 일
이다. 순례길을 걸으며 서로를 너무 잘 알게 되다 보니 '저런 말투면 화가
난 거다', '지금 저렇게 워킹 스틱을 끌며 걷는 건 뭔가 화났기 때문이다'
하는 식으로 서로의 감정이 짐작되었고, 혼자 참고 넘어가려고 해도 상대
방은 이미 나의 화를 알아채고 토라져 있기도 했다.

하룻밤 텐트 생활을 마치고 토끼가 주변을 뛰어다니는 소리를 들으며 잠
에서 깼다. 그리고 사람들의 눈을 피해 부랴부랴 텐트를 접고 다시 길에 올
랐다. 오늘은 아침부터 우리 둘 마음속에 짜증이 가득 차 있었다. 어제 저녁
식사는 부실했지, 잠은 편하게 못 잤지, 점심은 이틀 된 바게트만 남았지, 오
늘 가야 할 길은 구만리지…… 어제부터 더웠던 공기는 오늘 더 뜨거워져
숲속에서 해를 피하며 걸어도 더운 바람이 소매 안으로 들어왔다.

　사람 하나 안 지나다니고 바람 한 점 불지 않는 습한 숲속에는 풀벌레 소리만이 가득했다. 우리는 침묵 속에서 걸었다. 화해의 바람은 정말 의외의 곳에서 불어왔다. 다음 마을에 도착하려면 아직 한참 남았는데 우리 둘다 배가 아프기 시작한 것이다. 아무래도 어제의 고추장 염소 치즈 파스타가 뱃속에 폭풍을 몰고 온 모양이었다. 나는 그동안 아무리 급해도 생리 현상만큼은 야생에서 해결하지 않는 원칙을 지켜 왔는데, 숲을 나가고 나면 허허벌판이었고 기회는 지금밖에 없었다. 둘 다 얼굴이 하얗게 질려가는 사이, 이삭이 숲속을 걸을 때 지켜야 할 화장실 규칙을 읊기 시작했다. 지금도 구글에 영어로 '숲속에서 대변보는 법'을 검색하면 나오는 것으로 보아 상당히 공식적인 기준으로 보인다.

"길에서 적어도 5미터는 떨어진 곳에서 나무 밑 구덩이는 6센티 이상 파서 볼 일을 봐야 한다."

결국 우리는 길에서 조금 벗어나 서로 조금 떨어진 나무 두 그루 밑에 구멍을 파기 시작했다. 삽이 있을 리 없으니 워킹 스틱과 등산화로 구덩이를 파기 시작했다. 그리고 나는 이삭에게 이쪽을 절대 보지 말라고 단단히 일러두었다. 우리는 동시에 각자의 자리에서 일을 보고 난 뒤 머쓱하게 다시 만났다. 더 이상 무슨 모습이 더 남았을까 싶을 정도로 서로의 못 볼 꼴을 다 보여 준 셈이었다.

"하하. 신혼여행에서 이럴 줄은 정말 몰랐네."

이삭은 호탕하게 웃었다. 생각해 보면 결혼 생활을 지탱해 주는 것도 달달하고 행복한 시간보다는 서로의 치부를 감싸준 순간들이다. 몸은 여전히 힘들었지만 마음은 한결 풀어진 상태로 대도시 브장송으로 향했다. 그런데 얼마 걷지 않아 또 다른 위기가 찾아왔다. 아침에 물을 2L 사서 서로의 물통에 나누어 담았는데 날이 더워서 벌컥벌컥 마시다 보니 금방 동이 나버리고 만 것이다. 설상가상으로 남은 길은 마을도 없이 도로로만 쭉 이어져 있었다. 20km를 걷고도 남은 거리는 5km. 물주머니를 배낭에서 꺼내 마지막 한 방울까지 짜내서 입에 털어 넣고 나니 도저히 더 걸을 수 있을 것 같지 않았다. 히치하이킹을 시도하던 이삭은 쌩쌩 지나가는 차들에 목만큼이나 마음도 바싹 탔는지 그늘에 주저앉았다.

그때까지 히치하이킹은 주로 이삭에게 맡겨 놓았는데 문득 '이삭의 모습이 혹시 위험해 보여서 안 태워 주는 건 아닐까' 하는 생각이 스쳤다. 워킹 스틱을 휘두르고 있는 남자를 본다면 나 같아도 태워 주고 싶지 않을 것 같았다. 또 남자보단 여자가 덜 위험해 보일 것 같아 이삭은 그늘 밑에 워킹 스틱과 함께 살짝 숨고 내가 도로로 나갔다. 내가 도로에 나가자마자 지나가던 첫 차가 바로 멈췄다. 나를 보고 후진하는 차를 발견하고는 이삭이 그늘 속에서 튀어나왔다. 마침 브장송에 가는 길이라던 그 커플은 우리를 태워 주었고 차에 있던 생수 병도 하나 건넸다. 오랜 가뭄 끝에 드디어 목구멍으로 물이 꿀떡꿀떡 넘어 갔다.

　　브장송은 언덕 위에 있는 도시다. 브장송은 관광지로 요새가 유명한데 언덕의 중심 가장 높은 곳에 있는 요새에 올라가면 아름다운 도시 전체를 볼 수 있기 때문이다. 친절한 커플은 도시를 가로질러 요새 입구에 우리를 내려 주고 떠났다. 덕분에 우리는 모든 오르막길을 차를 타고 지나왔다.

　　성벽 안은 커다랗고 평온한 공원이었다. 푸른 잔디밭에는 드문드문 사람들이 앉아서 날씨를 즐기고 있었고, 그 사이를 아이들이 신나게 뛰어다

니고 있었다. 우리도 가방을 풀고 잔디밭에 앉아 입구에서 산 시원한 캔 콜
라를 땄다. 하루 종일 흘린 땀과 샤워를 못해 꼬질꼬질해진 얼굴은 감출 수
없었지만 이틀간의 야생 생활을 마치고 만난 문명이었다.

순례길에는 월요병이 없다

프랑스 브장송(Besançon)

브장송은 꽤나 큰 대도시였다. 마침 주말이기도 해서 오랜만에 우리는 내일 하루 푹 쉬고 월요일에 출발하기로 했다. 순례자 모드는 잠시 내려놓고 허니문 모드를 켰다. 에어비앤비로 구한 오늘의 숙소는 언덕 위에 있어 올라가는 데는 힘들었지만 창문으로 내려다보는 도시뷰가 정말 멋진 곳이었다. 다음 날 아침, 느지막이 일어나 언덕을 걸어 내려와 시내로 갔다. 배낭도 없이 야외 테이블에 앉아 여유를 즐기고 있자니 정말이지 심각하게 행복했다. 그냥 여행으로 왔다면 이만큼의 감흥이 없었겠지만 순례길 중에는 달랐다. 특히나 어제 야외에서 텐트를 치고 잔 우리는 언제든 사용할 수 있는 화장실이, 콸콸 나오는 물이, 여기저기 보이는 먹을거리가 더욱 감사하게만 느껴졌다.

늦은 아침 겸 점심 식사를 한 후에는 시내 산책을 했다. 날이 더워지니 땀 흡수가 잘되는 반팔 티셔츠가 필요해져서 커다란 H&M 매장에 들어갔다. 눈이 부실 정도로 환한 조명과 분위기가 너무 오랜만이라 어색했다. 도시 중심부에서 조금 벗어나니 아시안 마켓도 있었다. 우리가 좋아하는 종류의 라면들이 가득한 진열대를 보며 마음 같아서는 다 쓸어 오고 싶었지만 꾹 참고 숙소에서 먹을 컵라면과 봉지 라면 하나씩만 사서 나왔다.

양손과 마음을 가득 채운 우리는 숙소로 돌아가는 길에 발견한 커다란 공원에서 잠깐 쉬기로 했다. 나는 벤치에 앉아 사람들을 구경했고 이삭은 잔디밭에서 낮잠을 잤다. 평소처럼 길바닥에서 10분 자고 일어나는 낮잠이 아닌 여유 있게 푹 쉬는 낮잠을 잤다. 딱 하루 동안의 휴식이었지만 우리에겐 충분히 달콤한 휴식 시간이었다. 이제는 다시 걷고 싶었다. 그렇게 우리는 월요일을 기다리며 잠드는 특별한 일요일 밤을 보냈다.

젖지 않는 마음

프랑스 브장송(Besançon) – 푸쉐랑(Foucherans)
21km, 8시간

아침을 먹고 브장송을 나서니 날씨가 심상치 않았다. 구름이 잔뜩 낀 게 비가 올 모양이었다. 역시나 점심 식사로 바게트 샌드위치를 먹자마자 비가 오기 시작했지만 평소와 달리 많이 힘들지 않았다. 어제 잘 쉬기도 했고 요 며칠 내내 쨍쨍한 햇빛 아래에서만 있어서 그런지 빗방울을 맞으며 걷는 건 꽤나 상쾌했다. 우리는 점점 더 굵어지는 빗줄기에 비옷을 꺼내면서도 오랜만이라 반갑다며 신이 났다.

오늘은 들판 위에서 소들을 많이 만났다. 그런데 신기하게도 열 마리 남짓하는 소들이 이삭을 계속 따라왔다. 장난기가 발동한 이삭은 마치 소들의 왕이라도 된 듯 말하며 앞장서서 걸었다.

"얘들아 나다. 아버지다. 두려워하지 말고 따라오너라!"

그런 이삭을 보며 나는 웃음을 멈출 수가 없었다. 순례길을 걸으며 침묵

속에서 내면으로 들어가 자신을 살피는 시간이 없었던 건 아니었지만 오늘처럼 순례길을 걸으며 깔깔대는 순간들이 참 많았다. 한번은 검은 비옷에 워킹 스틱을 꽂아 해리포터에 나오는 디멘터라며 뛰어다니기도 했고, 서로를 카메라로 찍으며 방송 기자 흉내를 내기도 했다.

숙소에 도착해서는 바로 옷을 말렸다. 다행히 양말도 신발도 다음 날 아침에는 뽀송해졌다. 오늘의 비는 고어텍스 신발을 뚫고 양말까지 젖을 만큼 심한 비였지만 마르는 데는 금방이었다. 걷는 내내 우리 마음이 젖지 않아서일까?

지금 만나러 갑니다

프랑스 푸쉐랑(Foucherans) - 부야팡(Vuillafans)
21km, 8시간

영화나 문학 작품에서 터널을 지나면 종종 완전히 다른 세계, 미지의 세계가 등장한다. 〈센과 치히로의 행방불명〉에서 치히로의 가족이 마법의 세계로 들어갈 때 그러했고, 소설 ≪설국≫에서 터널을 지나자 나타나는 하얀 설경이 그러했다. 터널은 종종 그 아득한 어둠 때문에 고통과 인내의 시간을 의미하기도 한다. 이 어둠의 시간을 보내고 터널이 끝나면 기쁨과 희망이 나타날 것이라 하면서 말이다.

오늘 우리가 지나온 터널도 그런 메타포에 쓰일 법한 터널이었다. 바깥의 풍경은 바위에 연두빛 이끼들이 낀 아름다운 산속이었지만, 터널 안에서는 아무런 소리도 들리지 않았고 색깔을 구분할 수 없을 정도로 어두웠다. 오로지 저 끝에 보이는 빛에만 의지해서 터널을 걸어가다 보니 터널 끝에는 완전히 다른 세상이 있을 것만 같았다. 겁이 원체 많은 나는 터널을 걷는 내내 이삭의 팔을 꼭 붙잡았다. 발아래 무엇이 있는지 전혀 보이지 않아 무서움에 떨고 있는 나와는 정반대로 이삭은 메아리가 울린다며 신이 나 있었다. 그런 이삭에게 딱 붙어 걸으니 마음속 꽉 찼던 무서움은 조금씩 설렘으로 바뀌어 갔다.

　내일 조금 더 많이 걷더라도 오늘은 20km만 걷고 부야판의 캠핑장에서 자기로 했다. 순례자 생활도 한 달이 넘으니 캠핑장에 간다고 무조건 텐트 치고 자지는 않아도 된다는 걸 알고 있었다. 오두막이나 캠핑카 같은 옵션도 있기 때문이다. 오늘도 우리 둘은 텐트를 치느냐 캠핑카에서 자느냐를 가지고 투닥투닥하며 마을에 도착했다. 우리의 이런 다툼이 무색하게 캠핑장에 도착하니 캠핑장 주인이 먼저 창문이 깨진 캠핑카를 15유로만 받겠다고 했다. 텐트 자리 받는 데만도 10유로였으니까 조리가 가능한 부엌과 침대, 소파까지 마련된 꽤나 세련된 캠핑카가 15유로라는 건 정말이지 파격적인 금액이었다. 이삭도 나도 캠핑카에서 자는 건 처음이라 냉큼 캠핑카에서 자겠다고 하고 서둘러 짐을 풀었다.

마트에서 장을 봐서 저녁을 차려 먹고 샤워도 하고 누워 있으니 심심함이 몰려왔다. 숙소에 도착하면 잠들기 바빴는데 참 오랜만에 느껴 보는 여유였다. 이제 몸이 많이 단련된 우리에게 20km 걷는 것은 가뿐했고 일찍 도착해 푹 쉰 덕분에 체력이 남아돌았다. 시계는 저녁 8시를 가리키고 있었다. 우리는 내일 분명 후회할 것을 알지만 브장송에서 가져온 생라면과 함께 영화를 보기로 했다. 영화를 몇 개 검색해 보다가 결혼식 전날 영화관에서 혼자 〈지금 만나러 갑니다〉를 보며 나중에 이삭과 함께 다시 보고 싶다고 생각했던 것이 떠올랐다.

비 오는 날 다시 오겠다는 말을 남기고 떠난 엄마를 기다리는 아이와 아빠를 그린 영화 내용에 두 번째 보는 영화임에도 나는 눈물을 줄줄 흘렸다. 나는 아이를 낳으면 포기해야 할 것들만 눈에 보였다. 오랜 공부로 일하는 것이 간절했고 아이를 갖는 것은 아무것도 안 보이는 터널 속으로 들어가는 것처럼 느껴졌다. 하지만 이삭과 순례길을 걸을수록 생각이 조금씩 달라졌다. '어쩌면 내가 두렵다고 생각한 이 터널이 나도 모르는 행복 속으로 데려다주지는 않을까?', '오늘 함께 걸었던 터널처럼 이삭과 함께라면 또 다르게 느껴지지는 않을까?' 하고 말이다.

프랑스를 다 걷고 스위스를 지나 알프스산맥을 넘으며 죽을 뻔하고 구사일생으로 이탈리아에 도착해서 알게 된 사실이지만, 그날 밤은 우리가 셋이 걷기 시작한 밤이었다.

잘못 든 길

프랑스 부야팬(Vuillafans) – 뽕따흘리에(Pontarlier)
28.5km, 9시간

길을 잘못 들었을 때 대처 방법에 대해 사람들의 의견은 꽤나 분분하다. 어떤 스님은 잘못 든 길이라면 얼른 올바른 길로 돌아오라고 했고, 한 시인은 잘못 든 길도 길이라고 했고, 또 누군가는 잘못 든 길이 지도를 만든다고 했다. 길을 잘못 드는 것에 관해서면 우리도 할 말이 많다. 우리는 순례길 2일 차부터 길을 잘못 들어 8차선 고속도로를 건너야 했고, 수많은 울타리를 불법으로 넘어야 했으며 그래서 종종 순례자 신분으로 택시를 타며 수십 유로를 길에 버렸다. 그런데 오늘 잘못 든 길은 택시를 타는 정도로 돌아올 수 있는 길이 아니었다. 그야말로 제대로 길을 잘못 들었다.

눈을 뜨자마자 창문으로 들어오는 햇살이 환했다. 밤늦게 잤는데도 상당히 개운한 컨디션에 우리는 본능적으로 늦게 일어났음을 직감했다. 부랴부랴 출발한 시간은 오전 9시 30분. 어제 걸었어야 할 거리까지 오늘의 우리에게 미뤄 둔 덕분에 30km가 넘는 거리를 꼬박 걸어야 했으니 지각도 이런 지각이 없었다. 하지만 순례길 중반으로 접어든 우리는 마음이 조

급하다고 빨리 갈 수 있는 건 아니라는 것을 알았기에 급하게 걸으며 아침 기분을 망치기보다는 즐겁고 여유롭게 걷기를 택하기로 했다.

언덕길에 있는 마을은 스위스에 더 가까워져서 그런지 커다랗고 심플한 프랑스의 집들과는 다르게 벽 하나도 아기자기하게 꾸며져 있었다. 덩굴 이 올라간 집도, 쪼르륵 화분을 내놓은 창문도, 벽 색깔도 참 고와서 늦은 주제에 사진도 꼬박꼬박 찍으면서 걸었다. 이때만 해도 저 멀리서 보이는 강이 우리를 잡아먹을 무시무시한 강이 될 거라는 사실을 몰랐다.

계속해서 강을 따라 걷다가 지도를 보니 저 앞에 있는 다리를 건너 건너 편에서 강을 따라 걷다가 다시 또 다리를 건너라는 표시가 되어 있었다. 그 즈음 우리 둘은 나름 순례자 짬이 많이 찼다고 느끼며 길을 만들어 다니기 시작했다. 우리 둘은 왜 다리를 건넜다가 다시 돌아오냐며 지도를 비웃고 다리를 건너지 않고 가던 길 그대로 오솔길로 발걸음을 옮겼다. 지도에 없는 길이었으니 우리는 구글 위성 사진을 참고하기로 했다. 위성 사진에서는 길이 중간부터 끊어져 있었다. 조금 불길하긴 했지만 무슨 큰일이야 있겠냐며 계속 앞으로 걸었다. 그런데 우리가 발을 디디기 어려울 정도로 경사는 심해졌고 왼편에 있던 강은 점점 물줄기가 세졌다. 처음에는 영화 〈툼 레이더〉의 라라 크로포트라도 된 것 같다며 사진이나 찍고 히죽대며 걸었지만 점점 우리의 입가에 미소가 사라지기 시작했다. 길을 잘못 들었음을 빠르게 인정하긴 했지만 그래도 계속 앞으로 가다 보면 길이 나올 거라 생각했는데 나무는 점점 더 빽빽해졌고, 발은 계속 미끄러져 네 발로 걸어야 할 지경이 되었다.

죽은 동물의 다리까지 발견하고 내가 소리를 한바탕 지르고 나서야 무언가 단단히 잘못되었음을 직감했다. 이대로 가는 것이 맞는 것인가 고민이 되기 시작했고, 결국 이삭이 먼저 앞으로 가서 길을 찾아보기로 하고 나는 제자리에 서서 이삭을 기다렸다. 얼마나 지났을까 위험천만하게 네 발로 점프를 하며 신난 표정을 한 이삭이 돌아왔다. 조금만 더 가면 길이 나온다는 이삭의 말에 나는 이삭의 왼손을 꼭 잡고 다시 걷기 시작했다. 정말 이삭 말대로 조금 더 가니 드디어 두 발로 걸을 수 있는 길에 도착했다. 그리고 우리가 지나온 길에서 프랑스어로 쓰여 있음에도 한눈에 무슨 말인지 알아볼 수 있는 '위험한 지역'이라는 표지판을 발견했다.

험난한 길을 걸으면서 여기저기에 생채기가 나긴 했지만 성한 몸으로 숲을 빠져나왔다는 것만으로도 천만다행이었다. 그렇게 무서웠던 강물은 어느새 잔잔해져 있었다. 이삭은 그 강물에 다이빙을 했고 나는 물에 발을 담그며 긴장했던 몸과 마음을 달랬다.

변화

프랑스 뽕따흘리에(Pontarlier) - 주뉴(Jougne)

17km, 7시간 40분

　프랑스와 스위스 국경에는 쥐라산맥이 걸쳐 있다. 덕분에 오늘 걸을 길은 꽤나 급한 경사의 언덕길이었다. 고도가 높아 생각보다 추운 날씨에 옷을 여러 겹 껴입어야 했고, 숨도 더 차는 듯했다. 그렇지만 어제 죽다 살아날 뻔한 험한 길을 걸어서 그런지 이 정도 길은 힘들게 느껴지지 않았다.

　그러고 보니 어느덧 프랑스를 걷는 것도 오늘이 마지막 날이다. 거의 700km를 걸어 드디어 프랑스 국경까지 왔다는 사실이 뿌듯하면서도 이제 겨우 익숙해졌는데 새로운 나라로 간다는 사실이 마음을 싱숭생숭하게 했다. 이제 아침에 바게트를 먹지 않으면 아침 식사 같지가 않고, 식사의 첫 시작에는 앙뜨레 Entrée 로 치즈를 먹는 것이 익숙해졌으며, 어설프지만 먹고 자는 데는 문제없을 정도의 프랑스어를 배웠다. 그래서 그런지 괜히 아쉬운 마음이 자꾸만 들었다.

　결혼하기 전까지 내 이사 횟수는 한 손이면 꼽을 수 있었다. 그나마도 같은 아파트 단지 내에서 두 번 했고, 그 외 이사도 20분 거리 내에서 왔다 갔다 했다. 초중고 모두 합쳐 전학 한 번 간 적도 없다. 반면 이삭은 7살 때 미국으로 이민을 갔고 미국에서 동부 서부 여기저기 다녔으며, 여권 유효 기간이 차기 전에 여권이 도장으로 꽉 차는 삶을 살았다. 그래서 이삭의 성격은 나와 참 많이 달랐고, 이삭은 새로운 변화를 망설이는 법이 없었다.

프랑스의 끝자락을 걸으며 이제 우리가 맞게 될 변화에 대해 이야기를 나눴다. 그랬더니 이삭은 변화를 두려워했다면 순례길을 떠나지 않았을 거라고 말했다. 그리고 그동안 우리가 얼마나 자랐는지, 소극적이었던 내가 얼마나 변했는지를 말하며 자랑스럽다는 표정을 지었다.

겁 많고 모험심 없는 내가 순례길을 걷고 있고 길이 아닌 길을 가며 변화를 유연하게 받아들이게 된 데는 순전히 이삭 덕분이었다. 반대로 이삭은 항상 변화를 원했고 늘 변화를 만들어 내려고만 했는데 이제는 조금 기다릴 수 있게 되었다고 했다. 순례길을 걷는 동안 수없이 다투면서도 어느새 우리는 같은 방향을 보고 걷고 있었다.

경계를 넘는 일

프랑스 주뉴(Jougne) - 스위스 오흐베(Orbe)
28km, 8시간 40분

오늘은 드디어 스위스 국경으로 들어가는 날이자 역사적인 세 번째 남북 정상 회담이 있는 날이다. 큰 뉴스이긴 하지만 나에게 통일이나 남북 관계는 초등학교 때 포스터 그리기에서나 깊게 생각해 봤던 것이었다. 반면 이삭은 미국에서 인생의 대부분을 보냈음에도 오늘이 드디어 그날이라며 흥분을 감추지 못했다.

이삭은 일정이 어떻게 되더라도 정상 회담을 무조건 보고 가야한다고 했다. 회담 시작 시간이 한국 시간으로는 오전 9시 30분, 프랑스 시간으로는 새벽 2시 30분이었기에 생방송은 놓쳤지만 우리는 다음 날 아침 6시에 일어나 녹화 방송을 틀었다. 남북 정상 회담 장면을 보며 "감동적이긴 하네"라고 말하며 이삭을 돌아봤는데, 이삭의 눈에는 눈물이 그렁그렁 차 있었다.

이삭이 눈물이 많은 사람이냐고 하면 그건 분명 아니다. 슬프고 감동적인 영화를 볼 때 내가 훌쩍이는 동안 이삭은 담담한 표정으로 팔짱을 끼고 있는 편이고, 웬만큼 힘든 일이나 슬픈 일에도 우는 걸 본 적이 없다. 그러나 이삭은 다른 나라의 내전 소식이나 난민 문제를 볼 때면 종종 눈물을 흘렸다. 자신의 슬픔이나 어려움보다 세계의 어려움 또는 남북 관계처럼 대의에 자극되는 것이 이삭의 눈물샘이었다.

마침 우리도 38선은 아니지만 스위스 국경을 넘는 날이었다. 스위스 국경을 지나가는 길은 어떨까 이런저런 상상을 했었는데 막상 국경에 다다르니 그냥 한 농장에서 다른 농장으로 넘어가는 오솔길로 이어져 있었다. 그 길 중간에 우리 허리까지 오는 비석만이 여기가 국경임을 알려 주고 있었다. 그저 한 걸음 내딛으면 프랑스 끝 스위스 시작이었다. 우리는 언젠가 남한에서 북한으로 넘어가는 길도 이렇게 되기를 바라며 스위스로 향했다.

스위스 길은 프랑스와 확실히 달랐다. 훨씬 더 자주 마을이 있었고, 차나 버스도 더 많이 지나다녔다. 차도 옆에서 한 줄로 걷는 것보다는 흙을 밟고 풀밭을 보고 싶었던 우리가 선택한 길은 농장의 소들이 풀을 먹기 위해 지나다니는 좁다란 길이었다.

스위스에서 1년 동안 산 적이 있는 이삭에게 스위스는 낯선 나라가 아니었다. 우리는 스위스를 지나가는 김에 이삭이 그때 머물렀던 도시, 몬떼에 들리기 위해 경로를 조금 변경하기로 했다. 다행히 길을 좀 벗어나더라도 며칠만 할애하면 다시 비아 프란치제나로 돌아올 수 있을 거리였다. 비아 프란치제나를 벗어나는 길이었기 때문에 순례자 숙소 리스트는 잠시 무용지물이 되었고 우선 오늘은 텐트를 치기로 했다. 프랑스는 그나마 마을과 마을 사이가 멀어 숲속에 비밀스럽게 텐트를 치는 것이 수월했는데 스위스에서는 사정이 좀 달랐다. 그렇다고 가는 길에 캠핑장이 있는 것도 아니었고, 스위스 물가가 워낙 비싸 저렴한 숙소를 찾는 것도 어려웠다.

저녁 7시쯤 우리는 나무가 모여 있는 곳에 텐트를 치기로 했다. 적당한 자리를 찾기 위해 이삭이 먼저 걸어가고 내가 뒤따라가고 있었는데, 저쪽에서 'Security'라고 적혀 있는 검은색 차 한 대가 점점 이삭이 있는 곳으로 가고 있었다. 불법 캠핑이라는 찔리는 구석이 있어 콩닥콩닥 뛰기 시작하는 가슴을 부여잡고 나는 이삭 쪽으로 냅다 달렸다. 차에서 내린 두 보안 요원은 숲속에 들어간 이삭을 찾기 시작했다. 멀리서부터 상황을 지켜보면서 달려온 나는 숨을 헉헉거리며 두 보안 요원에게 무슨 일이냐고 물었다.

"여기 이렇게 지나다니면 안 되는데, 왜 여기 있는 건가요?"
"아, 저희는 순례자예요. 그냥 지나가는 길이에요."

그때 이삭이 숲속에서 엉거주춤 튀어나왔다. 두 보안 요원은 아주 수상하다는 듯 우리 둘을 훑어본 뒤 교도소에서 나왔다며 멀리 있는 큰 벽을 가리켰다. 교도소에서 망을 보던 보안 요원들이 떠돌이 두 명이 무슨 일을 꾸미는지 보려고 차를 몰고 나온 것이었다. 다행히 꾀죄죄한 우리의 모습과 숲속에서 엉거주춤 나온 이삭이 화장실을 쓰고 온 것으로 오해하고는 보안 요원들은 여기서 어서 나가라는 작은 경고만 주고 사라졌다.

보안 요원들이 돌아가고 나서도 졸였던 마음은 풀어지지 않았다. 우리는 교도소가 안 보일 만큼 멀어지고 나서야 긴장을 풀고 어둠을 더듬어 가며 텐트를 쳤다. 스위스에서의 첫날부터 환영받지 못했다는 느낌에 우리는 괜히 시무룩해진 채 잠에 들었다.

순례길 일기장_이삭

　이삭의 일기장은 사실 아주 극 초반부 10일밖에 존재하지 않는다. 성에 사는 부부, 존과 마리를 만난 순례길 10일 차에 이삭이 미련 없이 일기장을 한국으로 보내 버렸기 때문이다. 그 이후로는 핸드폰에 간단하게 메모하는 식이었는데, 몇 장 안 쓴 일기장만 봐도 이삭의 성격이 보였다. 꾸준히만 썼으면 틈틈이 있는 그림들이 책의 좋은 재료가 되었을 텐데 지금 생각해도 참 아쉬울 따름이다.

ending

알프스를 걸어서 넘을 생각을 하다니.
혼자였다면 생각도 안 했을 일이라고.

beginning

몬떼, 서로 사랑하는 도시

스위스 오흐베(Orbe) - 몬떼(Montet)
32km, 7시간 50분

마음껏 가져가라고 사과 한 상자를 놓아두면 다들 상처 나고 멍든 사과부터 가져가서 마지막에 가장 예쁘고 성한 사과가 남는다는 마을 몬떼. 프랑스의 초교파 공동체 마을인 떼제 공동체처럼 스위스 몬떼에는 다양한 종교를 가진 세계 여러 나라 사람들이 서로 사랑한다는 규율 아래 마을을 이뤄 살고 있다. 우리가 각자 봉헌 생활을 고민하던 2015년, 이삭은 몬떼에서 1년을 보냈다. 그리고 오늘은 2년 만에 몬떼에 다시 가는 날이다.

오랜만에 옛 친구들을 다시 만나는데 텐트에서 일박한 우리 꼴이 말이 아니었다. 그러다 지도에서 'therme' 온천 테마 파크라는 단어를 보고 이삭이 반가워했다. 오늘 걸어야 할 거리는 길지 않았다. 그래도 신혼여행이라고 가방에 항상 넣어 두었던 수영복을 드디어 입어 볼 때가 왔다며 우리는 온천욕을 즐기기로 했다. 나는 설레는 마음으로 수영복으로 갈아입고 수영장에서 이삭을 만났다. 하루 종일 걷고 팔다리가 고생하는 순례길에서 온천은 정말이지 특별했다. 우리는 오랜만에 신혼여행의 달달함을 즐겼다.

달달했던 분위기는 순식간에 반전됐다. 기분 좋은 목욕을 마치고 온천 입구로 나왔는데, 만나기로 한 장소에 이삭이 안 보이는 것이었다. 요금을 아끼려 스위스에서는 유심칩을 사지 않아 내 핸드폰은 무용지물이었다. 이삭을 찾을 방법이 없자 겁이 많은 나는 금세 초조해졌다. 한 20분을 돌아다니고 나서야 이삭을 겨우 만났다. 이삭을 만났다는 안도감에 나도 모르게 화를 버럭 냈다.

"어디 갔었던 거야!"

내가 오랫동안 나오지 않아 잠깐 주변을 둘러보고 왔다며 이삭은 당황한 듯 대답했다. 소리 지르는 동안에도 나는 알고 있었다. 그저 엇갈린 것일 뿐 누구 잘못이 아니라는걸. 우여곡절 끝에 온천에서 나와 다시 길을 걷기 시작했다. 조금 걷다 멈춰서 물을 마시고 있었는데 물통 입구가 끊어졌다. 그리고 한 번 뒤틀린 마음은 쉽게 가라앉지 않고 또 한 번 미운 말을 내뱉었다.

"이거 이삭이 자꾸 물어서……."

참다못한 이삭이 짧고 굵은 진심을 쏟아 냈다.

"리나는 왜 항상 남의 탓만 해!"

나는 놀라 어버버거리며 아무 말도 하지 못했다. 다정하던 이삭의 직설적인 말투 때문이었을까 아니면 영어로 주로 말하던 이삭이 한국어로 또박또박 얘기했기 때문이었을까. 이삭의 말이 내 마음에 그대로 꽂혔다. 그렇게 감정이 상한 우리는 약 3시간을 아무 말도 하지 않고 걸었다. 좁다란 길에서 바로 옆으로 자전거들이 쌩쌩 지나가도, 조용한 숲길과 언덕이 이어져도 우리는 침묵 속에서 걸었다. 침묵이 깨진 것은 자전거를 타고 가던 한 사람이 이삭에게 말을 걸었을 때였다.

"이삭 아니야?"

몬떼 사람이었다. 이삭과 1년간 같은 마을에서 지냈고 지금도 그곳에 사는 네덜란드 친구 안툰이었다. 이삭과 안툰은 환한 얼굴로 서로를 반겼다. 이삭은 내 소개도 잊지 않았다.

"여기는 제 와이프 리나예요."
"아, 리나. 알지요!"

몬떼에서 이삭을 아는 사람이라면 모두 내 이름을 알았다. 이삭이 몬떼에 간 이유 중 하나가 나였기 때문이다. 반가운 안툰의 얼굴이 나를 2015년으로 데려갔다. 우리가 서로를 애틋하게 여기고 서로의 길을 진심으로 응원했던 그때로. 짧은 인사를 나눈 뒤 안툰은 마을에서 만나기로 하고 자전거를 타고 앞서갔다. 안툰이 안 보일 때쯤 나는 이삭에게 미안한 마음을 전하기로 했다.

"내가 미안해. 너무 맞는 말이라 한참 곱씹느라 그랬어. 그러고 보니 내가 정말 자주 그러더라고."

나는 조용히 내 허물을 끄집어내 이삭에게 이야기했고, 이삭은 이 부분은 맞고 이 부분은 그 정도는 아니고 하며 오히려 나를 다독였다. 무엇보다 중요한 건 앞으로 같이 노력하면 되는 거라고 정리하며 우리의 싸움은 생각보다 쉽게 끝이 났다. 그리고 한참 동안 이삭은 몬떼의 기억을 나에게 들려주었다. 언덕을 넘자 'Montet'라는 이정표가 보였고, 조금 더 걸으니 마을이 멀리 내려다보였다.

"여기는 내가 달리기 할 때 왔던 데야. 리나 생각도 많이 했지."

이제 막 저물기 시작한 해가 감귤 빛으로 들판을 물들이고 있었다. 다행히 우리는 '서로 사랑하라'는 삶을 사는 몬떼와 비슷한 마음으로 이곳에 도착했다.

Day 41.

소설의 끝

스위스 몬떼(Montet)

몬떼에 도착하자 반가운 얼굴들이 우리를 맞이했다. 이삭이 몬떼에 있을 때 절친하게 지냈던 벨기에 사람 미쉘도 그중 한 사람이었다. 미쉘은 부임지가 바뀌어 로마에서 지내는 중이었는데, 우리의 순례길 마지막 도시도 로마였기 때문에 마지막 여정에서 만나기로 약속한 상태였다. 그런데 바로 이곳, 몬떼에 마침 수업이 있어 지내던 중에 우리와 일정이 겹쳤던 것이었다. 미쉘은 '역시 우리는 여기서 만나게 될 운명이었지' 하는 표정으로 장난스러운 미소를 지으며 이삭을 보자마자 어깨를 으쓱했다.

그리고 유일한 한국 친구 하연이도 있었다. 하연이는 우리가 한국에서 가톨릭 청년 행사를 준비했을 때 처음 만난 친구였는데, 이곳에서 이삭이 했던 것처럼 1년 동안 각국에서 온 청년들과 함께 지내고 있었다. 하연이는 몬떼의 공용어인 이태리어도 익숙해진 듯했고, 외국인들에게 이태리어로 자기 이름을 열심히 알려 주며 씩씩하게 지내고 있었다. 오늘 저녁 식사는 하연이가 지내고 있는 숙소에서 다른 청년들과 함께 하기로 했다.

하연이는 우리에게 저녁 식사로 비빔밥과 미역국을 만들어 줬다. 이곳에서 식재료를 구하기가 쉽지 않았을 텐데 정말 정성이 가득 담긴 오랜만에 먹는 한국 밥상이었다. 식사를 하는 동안 돌아가며 간략하게 자기소개를 했다. 하연이 친구 두 명은 브라질 친구들이었다. 젊음의 1년을 이곳에 내어놓기로 한 그들의 눈은 이삭이 처음 몬떼에 왔을 때처럼 내가 봉헌 생활을 꿈꿨을 때처럼 반짝거렸다.

몬떼에 머무는 동안 이삭이 이곳에서 알고 지냈던 그리운 얼굴들을 만나러 다녔다. 이삭이 일하던 의자 공장의 공장장 부부도 만났고, 이삭이 지냈던 집도 들렀다. 당시에 같이 방을 쓰던 청년들은 모두 바뀌었지만 숙소 책임자인 이탈리아 사람 마태오는 그대로였다. 다시 만난 사람들과 이삭은 반가움의 포옹을 나눴다.

원래부터 이삭을 알던 사람들에게는 내 소개가 따로 필요 없었지만 처음 만나는 사람들에게는 간략한 소개가 필요했다. 서로 연애는 했지만 각자 봉헌 생활을 위해 헤어진 뒤 결국 다시 만나 결혼까지 하게 되었다는 이야기. 그리고 신혼여행으로 순례길을 걷고 있다는 것까지 들은 사람들은 영화 같이 낭만적인 이야기라고 했는데, 마치 그간 힘들었던 여정을 위로받는 느낌이었다.

이 작은 마을은 전 세계에서 온 사람들이 공동체를 이루고 살고 있다. 이 사람들은 일치를 실험하기 위해 함께 일하고 살아간다. 다양한 문화를 가지고 있고, 다른 언어를 쓰고, 심지어 다른 신앙을 갖고 있음에도 그들이 여기에 함께 모여 살아가는 이유는 사랑의 힘을 믿기 때문이다. 다양한 문화, 언어, 종교를 가지고 있지만 사랑의 힘을 믿기 때문에 모인 것이다.

몬떼에서 살았던 나의 1년은 인생에서 가장 힘들었지만 또 가장 자유롭고 평화롭던 시간이기도 했다. 내 안에 사랑은 더욱 커졌고, 삶을 어떻게 살고 싶은지 그 대답을 찾을 수 있었다. 돌이켜 보면 그 이후로 많은 일이 일어났다. 그리고 리나와 함께 스위스의 한 시골 마을 몬떼로 다시 돌아온 지금, 마치 긴 소설의 결말처럼 느껴진다.

– 이삭의 일기장에서

카우치 서핑

스위스 몬떼(Montet) – 무동(Moudon)

22km 6시간 48분

몬떼를 떠나 우리는 다시 길에 올랐다. 다행히 몬떼는 비아 프란치제나에서 크게 벗어나 있지 않아서 이틀 정도만 걸어가면 다시 비아 프란치제나 길을 만날 수 있었다.

스위스는 프랑스보다 훨씬 조밀한 나라였다. 그것은 우리에게 사람들의 눈을 피해 야영하기 어렵고, 마을 회관 빈 공간에 재워 달라고 부탁하기 어렵다는 것을 의미했다. 그렇다고 여행객들이 묵는 숙박업소에 갈 수도 없었다. 스위스의 물가는 실로 어마어마했다. 다른 방법을 찾아야 했다. 우리가 생각해 낸 방법은 카우치 서핑이었다. 카우치 서핑이란 현지인이 여행자들을 위해 자신의 카우치 잠자리 를 제공하고, 여행자들은 이들이 제공하는 카우치에 머무르는 일종의 인터넷 여행자 커뮤니티다. 무료로 제공하는 숙박 형태이다 보니 악용하는 사람들도 있어서 숙소 주인과 게스트 모두 신중한 선택이 필요하다. 겁쟁이 중의 겁쟁이인 나는 당연히 한 번도 시도해 본 적 없었다. 이삭도 숙소 주인이 되어 본 경험만 있었지 낯선 여행지에서 카우치 서핑으로 묵어본 적은 없었다. 둘 다 겁은 났지만 가난한 순례자에게 무료 숙소는 단점이 무엇이든 간에 시도해 볼 만한 일이었다.

　카우치 서핑에서 서로에 대한 정보를 알 수 있는 것은 후기뿐이다. 우리는 후기들을 꼼꼼하게 읽어 본 뒤 좋은 후기가 가장 많이 달린 호스트에게 메시지를 보냈다. 그렇게 만난 오늘의 카우치 서핑 숙소 주인은 수염이 덥수룩한 구세군 목사 청년이었다. 게스트가 되면 보통 예의상 와인이나 후식 정도를 사서 가져가는데, 예산이 빠듯했던 우리는 바나나를 사 갔다. 그리고 얇게 잘라 후라이팬에 구워 계피와 꿀을 뿌린 꿀 바나나를 대접했다. 파스타와 꿀 바나나를 먹으며 저녁 식사 시간 동안 이야기를 나누고 각자 분리된 공간에서 휴식한 뒤 아침에 인사 없이 헤어졌다. 건조하지만 기분 좋은 깔끔한 경험이었다.

친구들과의 재회

스위스 무동(Moudon) - 로잔(Laussane)
27.85km, 9시간

오늘의 목적지 로잔에서 드디어 다시 비아 프란치제나 길을 만났다. 그리고 이 도시에 이삭의 대학교 때 친구 베르누아가 살고 있다고 해서 오늘은 그 친구 집에서 신세를 지기로 했다. 우리의 첫 순례자 친구였던 세바스찬도 마침 오늘 로잔에 도착한다고 해서 함께 하기로 했다. 생각해 보면 서로 아는 것도 많지 않은데 프랑스 초입에서 만났다가 헤어진 세바스찬을 스위스 도시 한복판에서 다시 만나니 그렇게 반가울 수가 없었다. 괜히 한 번씩 찐한 포옹을 하고는 베르누아 집 초인종을 눌렀다.

이삭은 베르누아 친구를 이야기하며 거듭 그렇게 착한 사람을 본 적이 없다고 말했다. 그리고 이삭의 말에 조금도 거짓이 없다는 것을 나는 베르누아를 보자마자 첫눈에 알았다. 문을 열고 나온 베르누아는 웃는 눈과 환한 미소를 가진 청년이었다. 우리가 스위스에 온다고 하니 먼저 우리를 재워 준다고 함은 물론, 생전 모르는 세바스찬의 합류도 마다하지 않았다. 게다가 베르누아는 침대가 모자라는 것을 알고는 자기 방에서 커다란 침대

매트리스를 꺼내 주기도 했다. 자기는 다른 것이 있으니 괜찮다고 했지만 다음 날 어딘가 모르게 피곤해 보이는 얼굴로 보아 아마 자기가 바닥에서 자고 우리에게 침대를 내어 준 것이 분명했다.

오랜만에 만난 베르누아와 이삭이 대학교 이야기를 하는 동안 나와 세바스찬은 거실에서 피아노를 치며 놀았다. 세바스찬은 피아노가 있는 곳이면 항상 빌리 조엘의 '피아노맨'을 치며 노래를 부르곤 했다. 처음 만났을 때는 그냥 낯선 영국 사람으로 느껴지던 세바스찬이 이제는 남동생처럼 느껴져 자연스레 장난기가 올라왔다.

"노래 좋다. 잘 치네. 고마워. 근데 아는 노래는 이거 하난 거야? 이제 네가 피아노 앞에 앉으면 무슨 노래 나올지 알 것 같아!"

나도 세바스찬도 낄낄 웃었다. 이삭은 10년 만에 만난 친구와 나는 한 달 만에 만난 친구와 재회 기념 담소를 나눈 뒤에 베르누아가 준비해 준 맛있는 음식이 가득한 식탁에 둘러앉았다. 베르누아는 스위스에 왔으면 퐁듀를 먹어야 한다며 치즈가 가득한 냄비와 빵이 담긴 바구니를 내어 왔다. 우리는 다 같이 기다란 퐁듀용 포크에 빵을 꽂아 치즈에 담가 먹었다. 그렇게 퐁듀를 먹으며 소담스러운 식사를 하고 있으니 스위스에 온 것이 실감 났다.

호숫가 포도밭

스위스 로잔(Lausanne) – 셰브르(Chexbres)
25.5km, 7시간 30분

스위스는 참 축복받은 나라다. 알프스와 아름다운 호수들 그리고 퐁듀까지! 스위스에 있는 동안 우리도 그 축복을 나눠 받을 수 있었다. 프랑스로 넘어오는 순간부터 날씨만 맑으면 알프스가 보였다. 아름다운 설경의 알프스는 걸을수록 가까워졌고, 오늘은 호숫가를 원 없이 걸었다.

로잔에서부터 한동안은 레만 호수를 따라 걸었다. 특히 오늘은 무려 유네스코 문화유산으로 지정된 계단식 포도밭을 만났다. 레만 호수길을 따라 약 30km 이어진 포도밭을 보니 그 모습이 과연 문화유산으로 지정될 만했다. 이 계단식 포도밭은 스위스에서 가장 큰 포도밭으로 로마 시대에 처음 만들어졌고, 지금의 규모는 11세기 수도회를 거치며 완성되었다고 한다. 과거에는 이 큰 밭을 기계 없이 사람들이 직접 일구었다는 사실이 경이로웠다. 날씨가 조금 흐린 것이 아쉬웠지만 포도밭과 호수는 참 아름다웠다. 우리는 그날 스위스의 자연을 입이 닳도록 말하는 사람들을 이해했다.

자연은 아름다웠지만 어느덧 5월이 된 날씨는 조금만 걸어도 땀이 났다. 더운 날씨에 경사진 언덕까지 오르려니 절로 주저앉고 싶은 마음이 들었다. 이럴 때 나만 이용할 수 있는 이동 수단이 있다. 바로 '이삭 트레인'이다. 이삭이 워킹 스틱을 뒤로 내밀면 내가 그 끝을 잡고 이삭이 나를 끌고 가는 것이다. 이삭은 내가 조금 힘들어하는 것 같으면 늘 먼저 워킹 스틱을 내밀었고, 그러면 나는 뒤에서 고프로를 찍고 노래를 부르며 끌려갔다. 그런 내 모습은 내가 봐도 아주 얄미웠다. 하지만 이삭 트레인은 떨어졌던 내 체력을 웃음과 행복으로 순식간에 올려 주는 효과 만점 피로 회복제였다.

결혼한 지 6년 차인 지금도 오르막길을 오를 때면 이삭은 워킹 스틱 대신 두 손을 뒤로 내밀며 '이삭 트레인?'하고 묻는다.

오늘도 이삭 트레인의 힘을 받긴 했지만 날씨가 너무 더운 탓에 땀이 줄줄 흘렀다. 우리는 잠시 쉬어갈 겸 호숫가에 있는 카페에 들렀다. 얼음 가득한 아이스 아메리카노 생각이 간절했으나 그곳에서 그나마 시원해 보이는 건 물과 오렌지 주스가 다였다. 왜 유럽인들은 얼음 맛을 모르는 걸까. 하지만 그것도 가릴 처지는 아니었기에 우리는 얼음 없는 미지근한 물을 벌컥벌컥 마셨다.

그날 밤은 호숫가 캠핑장에서 보내기로 했다. 물이 잘 나오는 큰 샤워장이 있었고, 넓은 잔디밭에 우리 말고도 여기저기 캠핑하는 사람들이 보였다.

주변에서 꽤나 인기 있는 캠핑장인 듯했다. 잔잔한 호수가 앞에 펼쳐진 캠핑장이 집 가까이 있었다면 아마 나도 주말마다 찾고 싶었을 정도로 좋았다. 게다가 순례자 전용 요금이 있어서 우리는 할인된 금액으로 텐트를 칠 수 있었다. 그 당시 나에게 텐트에서 자는 것은 숙소 선택에서 거의 항상 마지막 옵션이었다. 하지만 호수를 바라보며 텐트 안에 앉아 이삭과 노을을 본 이 날의 캠핑은 지금까지 묵었던 숙소 중 베스트 옵션이었다.

하트를 모으는 가족

스위스 셰브르(Chexbnes) - 노비으(Novile)
20km, 9시간

아침에 길을 출발하며 오늘의 숙소를 찾았다. 우리는 보통 순례자들보다 걸음이 느리고 하루에 걸을 수 있는 거리가 짧은 편이다. 그래서 가끔씩은 목적지에 도착하지 못하고 중간에 쉬어야 했다. 오늘도 마찬가지였다. 보통 다른 순례자들이 가는 도시까지 가려면 대략 35km를 걸어야 했는데 자신이 없었다. 그래서 우리는 가는 길에 있는 작은 도시로 목적지를 잡고 숙소를 찾기 시작했다. 숙소 리스트에서 마땅한 숙소를 찾을 수 없어 고심하던 우리는 카우치 서핑 앱을 다시 켰다.

앞서 첫 번째 카우치 서핑에서 말한 것처럼 서로의 정보는 후기로만 알 수 있었다. 그런데 오늘 가야 할 도시의 호스트들 중에는 후기가 있는 사람이 한 명도 없었다. 불안한 눈빛으로 스크롤을 내리다 한 사람의 프로필이 눈에 들어왔다. 네 명의 아이들을 키우고 있는 부부였다. 후기는 없었지만 소개글에 아이들에게 추억을 만들어 주고 싶어 카우치 서핑을 시작했다는 이야기가 적혀 있었다. 우리는 그분에게 메시지를 보냈다.

오늘 우리는 레만 호수 주위를 따라 좀 더 남쪽으로 내려오는 길을 걸었다. '남쪽으로 내려간다'라는 말만 들으면 따뜻한 곳으로 향하는 기분이 들지만 스위스에서는 남쪽으로 내려갈수록 눈 덮인 알프스에 가까워진다. 알프스는 원근법을 무시하는 어마어마한 높이라 어느 정도 거리에 있는 건지 도통 어림잡을 수가 없었다. 아직 며칠을 더 걸어야 산 밑자락에 겨우 도착할 수 있었지만, 알프스는 마치 조금만 걸으면 닿을 거리에 있는 것 같았다. 그래서 괜히 우리는 알프스를 걸을 마음의 준비를 며칠씩 하고 있는 중이었다. 오늘의 숙소 볼링거 가족의 집에서도 알프스산맥이 보였다. 멀리서 오늘 만나기로 한 볼링거 아저씨가 손을 휘휘 저으며 달려오셨다.

"여러분이 우리의 첫 번째 게스트예요!"

우리가 묵을 장소는 마당에 있는 조그만 통나무집이었다. 목수인 아저씨가 아이들의 아지트로 직접 만들었다며 야심차게 소개했다. 계단, 현관문, 가구 등 모든 것이 조금씩 작은 사이즈로 만들어진 통나무집은 마치 요정의 집에 온 기분을 들게 했다. 게스트가 머무는 곳과 숙소 주인이 생활하는 공간이 분리되는 색다른 경험도 할 수 있는 훌륭한 숙소였다. 우리는 짐을 풀고 천천히 통나무집을 둘러봤다. 4인용 침대와 자그마한 소파가 있었고, 아이들이 수집한 곤충 액자와 곳곳에 인형들도 보였다. 참 아늑하고 따뜻한 공간이라는 게 느껴지자 숙소를 보고 좀 더 호들갑스럽게 반응하지 못한 것이 아쉬웠다.

저녁 식사 시간이 되어 블링거 가족이 있는 집으로 갔다. 첫째 딸이 문을 열어 주며 수줍게 인사를 건넸다. 볼링거 가족은 중학생인 딸과 아들, 초등학생 아들 그리고 이제 막 5살이 된 딸이 있는 한국으로 치면 대가족이었다. 저녁 식사로는 라클렛을 먹었다. 퐁듀처럼 스위스의 대표적인 치즈 요리인데 철판 그릴에다 여러 가지 치즈를 올려 녹인 뒤 구운 빵이나 야채에 얹어 먹는 요리였다. 아내분은 초등학교 교사라고 했는데 오늘은 저녁 학회로 늦을 거라고 했다. 목수인 아저씨가 새벽에 출근하고 이른 오후에 일을 마치기 때문에 아내가 퇴근하기 전까지는 혼자 아이들을 돌보고 있다고 했다. 그러면서 아저씨는 우리에게 자랑스럽게 아내의 작업실을 보여 주면서 교사 일 외에도 그림을 그려 스티커를 만드는 일과 사진을 찍는 일도 한다고 했다. 아이를 네 명이나 낳고도 일과 육아를 병행하는 삶을 유지할 수 있다니. 한국에서는 좀처럼 보기 힘든 모습이었다.

볼링거 가족은 여행을 즐겨 간다고 했는데 갈 때마다 아이들과 함께 그곳의 하트 돌을 주워 온다고 했다. 우리는 다음 날 아침 집을 나서기 전 입구에 잔뜩 모인 하트 모양 돌을 한참 구경했다. 벌써 5년이 넘었지만 우리는 종종 블링거 가족 이야기를 한다. 육아와 직장 생활이 부딪힐 때나 여행에서 기념품을 고를 때면 블링거 가족이 문득문득 생각이 난다.

호수를 벗어나 알프스로

스위스 노비으(Novile) – 생 모리스(Saint Maurice)
25km, 8시간

예상한 대로 흘러가는 것을 좋아하는 나지만 순례길에서는 계획에 얽매이지 않으려 노력했다. 가장 좋았던 순간들은 항상 내 계획 밖에서 일어났기 때문이었다. 길을 헤매다 만난 고속도로 너머 들판이나 숙소를 정하지 않아 바에서 텐트를 치고 잤던 밤이나 즉흥적으로 체험한 돌담 쌓기가 그랬다. 볼링거 가족이 레만 호수에 꼭 데려가고 싶은 곳이 있다고 했을 때 그 제안에 흔쾌히 응한 것도 같은 이유에서였다.

도착한 곳은 잔잔한 호수였다. 수심이 얕은 호수 표면에는 알프스산맥이 일렁일렁 비쳤다. 수심이 얕아 3km 안까지 걸어 들어갈 수 있다는 말에 이삭과 나는 신발을 벗고 바짓단을 걷어 올리고 물속을 걸었다. 정말로 한참을 걸어도 물은 내 종아리까지밖에 오지 않았다. 이른 아침 8시, 호수에는 우리뿐이었다. 물이 찰랑거리는 소리, 새들이 멀리서 지저귀는 소리. 자연이 내는 소리를 실컷 듣고는 호숫가 바위에 앉아 젖은 발을 말렸다. 남은 물기를 대충 닦고 양말을 신은 뒤 신발 끈을 꽉 맸다. 출발이 1시간쯤 늦어졌지만 후회는 조금도 없었다.

오늘의 목적지는 알프스를 넘는 여행객들이 많이 머무는 도시 세인트 모리스다. 여기부터 알프스 꼭대기까지는 세인트 버나드 수도회에서 운영하는 숙소가 도시마다 있다. 이 수도회는 여행객들, 특히 알프스를 넘는 사람들을 맞이하고 돌보기 위해 만들어졌다고 한다. 이 역사는 1000년이 넘는 시간 동안 이어져 오고 있었는데, 드디어 우리도 유구한 역사 속으로 들어가는 날이 왔다. 오늘의 숙소인 수도원은 가격도 싸고 자리도 넉넉하지만 오후 5시까지는 도착해야 묵을 수 있다는 규칙이 있었다. 우리는 발걸음을 재촉했다.

　　호수에서 시작되는 작은 강을 따라 알프스로 향했다. 아침에 자욱하게 꼈던 안개가 사라지면서 풍경도 점점 바뀌었다. 강가 옆 옹기종기 모인 마을을 지나가기도 했고, 소들이 모인 목장 옆을 지나가기도 했다. 그리고 이 모든 배경 뒤에는 알프스가 있었다. 5월임에도 꼭대기에는 하얀 눈이 그대로였다. 저 산을 곧 넘는다는 생각에 아득해졌지만 일단은 오늘의 걸음에만 집중했다.

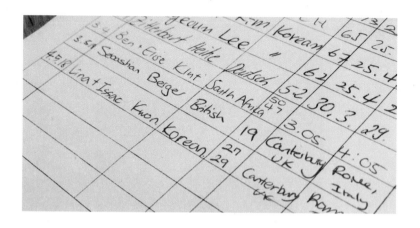

오후 3시가 되자 마음이 급해지기 시작했다. 5시까지 2시간밖에 남지 않았는데 아직 13km의 언덕길이 남아 있었다. 우리는 걸음에 더 속도를 내 걷기 시작했다. 평화롭던 풍경을 지나 도시가 보이기 시작하자 길의 경사가 더 급해졌다. 거의 뛰다시피 걸어 우리는 겨우겨우 도시 바로 앞까지 왔다. 정신없이 뛰는 와중에 서로 눈이 마주치자 오전에 태평하게 걷던 우리가 떠올라 어이없는 웃음이 나왔다.

이삭은 마지막 5분을 먼저 달려갔고 나는 헉헉대며 뒤를 쫓았다. 다행히 우리는 4시 58분에 아슬아슬하게 숙소에 도착했다. 숨을 몰아쉬고 여행자 장부에 이름을 적으니 우리 바로 위에 세바스찬 이름이 보였다. 반가운 마음에 세바스찬 이름을 눈에 한 번 더 담고 우리도 그 밑에 이름을 적고 배정받은 방으로 올라갔다. 나는 창밖의 건물들 사이로 보이는 알프스를 보며 생각했다. 알프스를 걸어서 넘을 생각을 하다니. 혼자였다면 생각도 안 했을 일이라고. 창밖을 바라보던 이삭은 나를 돌아보며 씨익 웃었다.

순간을 망칠지 하루를 망칠지

스위스 생 모리스(St.Maurice) - 마흐띠늬(Martigny)
18km, 6시간

여행을 생각하면 나는 일단 겁부터 났다. 이삭과 함께 떠나는 신혼여행 순례길에서도 나는 의심의 끈을 놓지 않았다. 순례길에서 만난 행인이 초대한 간식 타임도, 히치하이킹도 '어딘 줄 알고 따라가나' 하는 생각이 제일 먼저 들었다. 그렇지만 정말 우리는 50일이 다 되어 갈 동안 소매치기한 번 당한 적이 없었고, 길은 자주 잃었지만 금세 다시 방향을 찾았다. 이토록 평화로운 여행도 잘 없을 텐데, 순례길 47일째 되는 날 우리에게도 딱 한 번 그런 일이 있었다.

오늘의 목적지인 마흐띠늬에서도 세인트 버나드 수도원에서 운영하는 숙소에서 묵기로 했다. 저녁 식사와 아침 식사까지 수사님들과 함께 하고 잠은 성당 옆 숙소에서 잤다. 숙소는 옛날 포도주 창고를 개조한 공간이었다. 지하로 들어가 돌벽으로 둘러싸인 통로를 지나자 2층 침대가 몇 개 있는 방이 나왔다. 보통 산티아고 순례길의 숙소들은 이런 식이라고 한다. 남녀가 나누어져 있지 않고 2층 혹은 3층 침대가 모인 방에서 각자 침대 하나씩을 사용하는 형태였다. 우리가 조금 이르게 순례길을 시작해서인지 오늘 이 숙소에 묵는 여행자는 우리뿐이었고, 수도원에서 숙식을 제공받으며 직업 훈련을 받고 있는 노숙자 한 분이 여기서 묵고 있다고 들었다. 우리가 숙소에 왔을 때 그분은 아직 숙소에 돌아오지 않은 듯했다.

저녁 식사 시간이 되자 우리는 수도원 식당으로 발걸음을 옮겼다. 우리는 수사님 두 분과 같은 테이블에서 식사하기로 했다. 키가 큰 수사님과 수염이 덥수룩한 수사님 모두 영어와 이태리어를 유창하게 하셔서 우리는 여러 가지 대화를 소소하게 나눌 수 있었다. 그리고 알프스를 오르는 순례자들을 지키기 위해 스키도 배운다고 하셨는데 스키를 타고 알프스를 오르내리며 길 상황이 어떤지 파악한다고 하셨다. 스키 타는 게 성소인 수도회라니! 우리는 알프스를 도보로 넘을지 아니면 차를 이용해야 할지 고민하고 있었는데, 이분들이라면 답을 얻을 수 있을 것 같았다.

"우리가 걸어서 알프스를 넘을 수 있을까요?"
"흠… 이번 겨울에 18m 정도의 기록적인 눈이 왔고, 아직 차도도 공식적으로는 막혀 있어요."

수염이 덥수룩한 수사님이 걱정스러운 눈빛으로 말했다. 우리는 이쪽저쪽으로 고개를 옮기며 수사님들을 쳐다보았다. 수염이 덥수룩한 수사님은 살짝 밝아진 표정으로 장비를 잘 갖추면 가능할 거라고 했다. 수사님들의 이야기를 들으며 우리는 눈을 맞추고 속으로 외쳤다.

'갈 수 있겠구나!'

수사님들은 GPS 위치 추적기도 빌려줄 수 있다, 내일 한 번 더 길을 체크하고 알려 주겠다 등 세심하게 우리의 알프스 산행을 도와주셨다. 기분 좋은 식사 시간을 마치고 우리는 숙소로 다시 돌아왔다. 우리와 함께 묵는다는 그분은 이번에도 자리에 없었다. 햇볕이 안 드는 지하 숙소는 낮이나 밤이나 다르지 않았다. 천장에 매달린 전구 몇 개가 숙소를 너무 어둡지 않게 만들어 주고 있었다. 우리는 아직 돌아오지 않은 그분을 위해 전구를 몇 개는 끄고 몇 개는 그대로 켜 둔 채 오늘 찍은 사진을 보며 이야기를 나누다 잠에 들었다.

다음 날 우리는 아침 7시부터 준비를 시작했다. 같이 방을 쓰기로 한 분의 자리는 여전히 비어 있었다. 그저 조금 흐트러진 침구와 널브러져 있는 옷가지로 잠깐 숙소에 들리고 또 나가신 듯했다. 짐을 꾸리며 옷을 다 입었는데, 이삭이 말했다.

"리나, 나 바지가 없어······. 어? 근데 양말도 없는 거 같은데?"

귀중품은 아니지만 이삭이 딱 한 벌 가지고 있는 긴바지와 발목 위까지 오는 긴 양말이었다. 순례자인 우리에게 잃어버려도 되는 물건은 없었다. 찾다 보니 바람막이도 없어졌다는 걸 알게 됐다. 우리는 가방을 다 뒤집어엎고 숙소 구석구석을 뒤졌다. 그때 문이 벌컥 열렸다. 어제부터 한 번도 만나지 못했던 바로 그분이었다. 삼십 대 정도의 젊은 청년으로 보이는 그분은 들어오자마자 술 냄새가 많이 났다. 우리는 일단 인사를 나눴다. 여기 하루 자고 이제 곧 떠나려는 순례자들이고 신부님한테 같이 묵는다고 이야기 들었다고. 그렇게 어색한 인사를 나누고 있으니 그 사람이 입은 옷이 눈에 들어왔다. 우리가 너무 잘 아는 바람막이였다.

"근데 혹시 그거 제 옷 아닌가요?"

이삭이 물었다. 그 사람은 약간 횡설수설하며 여기 있길래 입었다고 하면서 순순히 옷을 벗었다. 그리고 바지를 보니 역시 이삭의 것이었다.

"혹시 여기 있던 바지랑 양말도 입으셨나요?"

그 사람은 머뭇거리다 바지춤을 슬쩍 들어 올렸다. 이삭의 양말이 보였다. 그 사람은 바지는 벗어 주겠는데 양말은 너무 더럽게 신어서 못 주겠다며 애매하게 굴었다. 이삭은 그래도 괜찮으니 어서 달라고 말했다. 어정

정한 대치 상황 끝에 바지와 양말까지 돌려받고 우리는 그 지하 숙소를 나왔다. 미사에서 숙소 담당 신부님을 만나 우리가 겪은 일을 간단히 말씀드렸더니 신부님은 너무 미안해하시며 다른 피해는 없는지 물어보셨다. 물론 옷을 뺏긴다는 게 무척이나 당황스러운 일이었지만 우리는 문득 순례길 내내 우리에게 이런 일이 한 번도 없었다는 사실을 깨달았다. 이 정도로 끝난 게 다행이었다.

돌려받은 양말에서는 쉰내가 났고 바지는 찜찜했지만 이 일 때문에 하루를 망치지 않기로 했다. 작은 일로 전체를 망치지 않을 수 있게 된 건 순례길에서 배운 교훈일지도 모르겠다. 이삭은 신부님께 답했다.

"괜찮아요. 근데 바지가 그 사람한테도 너무 잘 어울리더라고요! 하하하."

굶은 적이 없는 순례자

스위스 마흐띠늬(Martigny) - 오흑시에흐(Orsières)
22km, 10시간

유럽에서는 워라밸을 중요하게 생각한다. 왜 우리가 이런 느낌을 받았나 하면 예상치 못한 시간과 날짜에 닫혀 있는 가게들 때문이었다. 우리는 붐비는 도시를 걷는 것이 아니어서 숙소 근처 식당이나 식사를 준비할 마트 위치를 미리 파악해 두곤 했다. 하지만 찾아 둔 가게는 50%의 확률로 휴무였고, 미리 찾는 것이 소용없다는 걸 깨달은 우리는 점점 검색하는 것을 그만두었다. 그렇지만 용케도 우리는 한 끼도 굶은 적이 없었다. 몇 km를 더 걸어 마트나 식당을 찾는 수고를 감수하거나 다음 날 점심으로 챙겨 두었던 바게트를 미리 꺼내 먹는 정도는 있었지만 항상 어떻게든 끼니를 때울 수 있었다. 그런데 오늘 저녁은 정말 막막했다.

오늘 걸어야 할 길은 약 22km로 평소 우리가 걸었던 거리를 생각하면 그리 무리인 거리는 아니었다. 문제는 고도였다. 오늘의 목적지는 지금 우리가 있는 곳보다 1000m 정도 높은 곳이었다. 평지를 22km 걷는 것보다는 확실히 힘이 들긴 할 테지만 천천히 걸으면 그래도 괜찮을 거라 생각했다. 우리는 걷다가 만난 로마시대 경기장을 그냥 지나칠 수 없었다. 로마시대 검투사 영화 〈글래디에이터〉를 인상 깊게 본 우리는 콜로세움의 미니어처 버전의 경기장을 보자마자 누가 먼저랄 것도 없이 워킹 스틱을 칼 대신 들고 경기장으로 뛰어 들어갔다. 돌계단으로 둘러싸인 잔디 경기장은 초등학교 운동장만 한 크기였다. 가방을 내려놓고 우리는 워킹 스틱으로 칼싸움을 하며 신나게 놀았다. 정신을 차리고 보니 어느새 오전 10시. 그제야 급해진 마음으로 우리는 걸음을 재촉했다.

5월이었지만 고도가 높아지니 날이 으슬으슬 추웠다. 길을 걷다 만난 눈은 알프스가 가까워졌음을 체감하게 했다. 심지어는 며칠 전에 눈사태가 났다는 곳을 지나가기도 했다. 우리는 어느 때처럼 조금이라도 빨리 가기 위해 길을 만들며 걸었다. 바위 밑을 기어가거나 가파른 길을 걷는 것은 이제 어렵지도 않았다. 그리고 저녁 식사 시간이 되었을 때 작은 마을 오흑시에흐에 도착했다. 이곳도 세인트버나드 수도회가 운영하는 여행자 숙소가 있었다. 우리는 미리 전화도 해 두었겠다 이미 수도회가 운영하는 숙소에서 몇 번 묵어도 봤겠다 큰 걱정 없이 초인종을 눌렀다. 첫 번째 벨소리에 아무 인기척이 없었다. 불안한 마음으로 두 번 세 번 누르고 나서야 딱딱한 표정을 한 수사님 한 분이 나오셨다. 영어나 이태리어가 통하지 않아 프랑스어로 간신히 오늘 여기서 묵기로 한 순례자들임을 전하자 수사님은 열쇠를 가지고 와 숙소로 안내해 주셨다. 우리는 무사히 숙소에 들어왔다는 것에 안도하며 짐을 풀고 저녁 식사를 위해 시내로 나갔다.

시간은 저녁 7시쯤이었는데 해가 길어져서 아직 날이 밝았다. 마을 중심에는 종탑과 성당이 있었고, 주변에는 높지 않은 유럽식 건물들이 옹기종기 모여 있었다. 우리는 구글 지도에서 봐 둔 마트와 식당을 찾아다녔는데 모두 닫혀 있었다. 그러고 보니 그저 한적한 도시라 생각했는데 거리를 돌아다니는 사람도 거의 없음을 알아차리고 우리는 오늘이 그 지역의 휴일이라는 것을 알게 되었다. 스위스는 지방자치제가 아주 발달하여 지역마다 휴일이 다르다. 스위스 관광청에 검색하면 각 지역의 휴일을 쉽게 알 수 있다. 그리고 휴일에는 자영업을 하는 사람도, 회사에 다니는 사람도 모두 일을 쉬고 집에서 가족들과 시간을 보낸다고 한다. 평소 같았으면 부러울 일이었을 테지만 오늘 식사할 곳을 찾을 수 없다는 건 절망적이었다. 그날따라 남은 간식도 똑 떨어져서 우리가 먹을 수 있는 건 수돗물뿐이었다.

저녁 8시를 알리는 종이 울렸고 별 다른 방법이 없었던 우리는 산책이나 좀 더 하자며 마을을 돌아보기로 했다. 그때 멀리서 자전거를 탄 한 남자가 우리 쪽으로 다가왔다. 사이클 복장을 위아래로 차려입은 안경 쓴 키 큰 백인 남자였다. 이삭과 나는 계속 서로를 바라보며 의아해했다.

"혹시 신혼여행으로 순례길을 걷는다는 한국인 커플 맞아요? 몬떼에서 들었어요."

몬떼에 있던 한 신부님으로부터 신혼여행으로 순례길을 걷고 있는 한국인 커플이 알프스를 넘기 위해 이곳 수도회에 도착할 예정이니 도착하면 잘 부탁한다는 연락을 받았다고 했다. 아무리 작은 마을이라지만 이 시간에 이 장소에서 신부님을 만나게 된 놀라운 우연에 우리는 입을 다물지 못했다. 신부님이라고는 짐작할 수 없는 사이클 복장도 오늘 저녁 서프라이즈에 한몫했다. 신부님은 자전거에서 내려 오늘 저녁은 어디서 묵는지 언제 왔는지 등을 물어보시곤 식사는 했는지도 잊지 않고 물어봐 주셨다. 반가운 질문에 이삭과 나는 재빨리 아직 못 먹었다고 대답했고 수도원에서 오늘 저녁과 내일 아침까지 먹을 수 있게 해 주겠다는 말에 우리는 종종걸음으로 신부님을 따라갔다.

아까 눌렀던 초인종이 있는 문을 지나 통로를 따라 들어가니 여느 가정집과 같은 주방이 있었다. 신부님은 다른 신부님들에게 우리를 소개하며 인사시켜 주셨다. 아까 딱딱한 표정을 한 신부님도 이제는 경계 없는 표정으로 살짝 미소를 지었다. 우리는 수프와 빵을 먹으며 대화를 나눈 후 다시 숙소로 돌아왔다. 그리고 아까 물이라도 들이켤까 고민하며 잡았던 수도꼭지를 생각하며 이삭과 나는 소리 내어 크게 웃었다.

알프스 D-1

스위스 오흑시에흐(Orsières) − 부흑−셍−삐에흐(Bourg-Saint-Pierre)
13km, 7시간

오늘 우리가 묵는 마을 '부흑−셍−삐에흐'를 검색하면 다음과 같은 말로
소개되어 있다.

*계곡에서 사람이 거주하는 가장 높은 지역이자 그레이트 세인트
버나드 패스를 오르기 전 마지막 마을입니다.*

그렇다. 내일이 바로 알프스에 올라가는 날이다. 알프스산맥이 스위스와
이탈리아의 국경이니 내일모레면 이탈리아에 도착하는 것이다. 오늘 우리
는 내일 고도 1000m까지 올라가기 위해 13km를 짧게 걷고 부흑−셍−삐
에흐에 도착했다. 산 중턱에 있는 마을은 사방이 산으로 둘러싸인 아주 한
적한 곳이었다. 고도가 높아서인지 5월임에도 서늘한 날씨는 지금까지 지
나온 마을과는 사뭇 다른 느낌을 줬다. 오늘 묵기로 한 호스텔에 도착하자
숙소 주인아주머니가 프런트를 지키고 있었다. 도착 전 전화로 예약을 했
을 때도 알프스를 올라갈 거라는 우리의 말에 걱정된다는 말을 했던 주인

아주머니는 여전히 걱정스러운 표정이었다.

"이번 겨울에 눈이 너무 많이 왔어요. 18m가 왔거든요. 다 녹지 않아서 가는 길이 많이 위험할 것 같은데……."

그날 유일한 손님이었던 우리를 맞이할 때부터 우리가 묵을 방으로 안내할 때까지 그 걱정은 계속 이어졌다. 우리도 걱정스럽기는 마찬가지였다. 1.8m도 아니고 18m라니. 18m가 강설량으로 가능한 수치인가. 눈썹이 올라갈 만큼 놀랐고 걱정도 됐지만 우리는 비아 프란치제나의 하이라이트인 알프스를 그냥 버스로 터널을 통과하며 지나가고 싶지 않았다. 무엇보다 우리는 믿는 구석이 하나 있었는데, 바로 우리보다 조금 앞서 걷고 있었던 세바스찬의 소식이었다.

스위스에서 헤어진 이후로 우리는 세바스찬의 블로그를, 세바스찬은 우리의 인스타그램을 방문해서 종종 소식을 주고받았는데 세바스찬은 형과 함께 며칠 전 성공적으로 알프스를 넘었다고 했다. 물론 무난하게 알프스를 넘은 것은 아니었다. 형과 세바스찬 둘 다 눈길에 미끄러져 계곡으로 떨어질 뻔하기도 하고, 워킹 스틱이 부러지고 여기저기 다치기도 했다고 했다. 그럼에도 우리와 함께 걷던 순례자가 이미 알프스를 넘고 이탈리아에 도착했다는 것을 알게 된 이상 우리는 이 길을 포기할 수가 없었다.

방을 안내해 주고 나서 주인아주머니는 창고에서 스노 슈즈를 꺼내 주셨다. 스노 슈즈는 신발에 조그마한 눈썰매가 붙어 있는 모양의 장비로 알프스를 오를 때 필수품이다. 발이 눈밭에 빠지지 않도록 해 주고, 내리막길에서는 스키처럼 탈 수 있어서 눈길을 걷는 데 아주 유용하다. 주인아주머니는 스노 슈즈를 알프스산맥 바로 밑에 있는 레스토랑에 반납하면 된다고 하면서도 여전히 꺼림칙하신 듯했다.

우리는 스노 슈즈를 챙겨 방으로 돌아왔다. 할 일이 많았다. 스노 슈즈 착용법을 확인한 뒤 신고 잠깐 걸었는데 역시 걷는 데 많이 불편했다. 몇 번 왔다 갔다 하며 연습해 본 뒤 가방에 스노 슈즈를 매달았다. 그리고는 호텔에서 산 방수 오일을 우리 등산화에 칠했다. 눈이 신발에 달라붙어 신발 속이 젖어 버리면 동상에 걸릴 수 있기 때문이다. 방수 오일을 다 칠하

고 우리가 가진 방한 용품을 모두 꺼냈다. 그렇게 정신없이 준비에 박차를 가하고 있는데 호텔 프런트에서 연락이 왔다.

> "내일 우리 남편이 너무 위험한 구간까지만 차로 데려다줄게요. 아침 6시까지 만나요."

우리를 무척이나 걱정하던 숙소 주인아주머니였다. 원래는 차도와 걸어서 갈 수 있는 길이 분리되어 있는데, 지금 걸어서 갈 수 있는 길은 너무 위험하다고 했다. 그래서 걷는 데 위험한 구간을 차로 데려다주고 그 이후부터는 차도를 따라 걸으면 조금이라도 안전하게 알프스를 넘을 수 있을 거라고 했다. 도보로 가는 것을 포기할 수는 없었지만 그래도 내심 걱정스러웠던 나는 주인아주머니의 제안이 무척이나 반가웠다. 세바스찬이 다행히 알프스를 넘었다고는 하지만 그쪽은 킬리만자로산도 넘은 적이 있는 성인 남성 두 명이고, 이쪽은 운동 신경 0인 내가 있었다. 이삭도 제안을 기쁘게 수락했다. 덕분에 새벽 4시로 잡았던 출발 시간도 조금 미룰 수 있었다.

지금 생각해 보면 당시 숙소 주인아주머니의 마음이 참 감사하고 소중했다. 그날 처음 본 남이나 마찬가지인 사이인데도 진심으로 우리를 걱정해 주며 함께 방법을 이리저리 고민하고 찾아 주셨다. 아직도 눈이 펑펑 내리는 날 산을 보면 이때의 기억과 주인아주머니가 생각난다.

산꼭대기 수도원

스위스 부흑-셍-삐에흐(Bourg-Saint-Pierre) -
그레이트 세인트 버나드 수도원(Great St Bernard Hospice)
8km, 5시간

어둠 속에서 알람 소리가 울렸다. 평소에는 늦장을 부리는 우리였지만 오늘만큼은 부리나케 일어났다. 가지고 있는 옷을 전부 겹겹이 입었다. 레 깅스 위에 등산 바지 그리고 그 위에 방수 바지를 덧대어 입고 위에는 반 팔 티부터 플리스 재킷, 바람막이를 입었다. 내게는 영 안 어울리는 것 같 아 그렇게 쓰기 싫어하던 비니 모자도 오늘은 예외 없이 썼다. 아침이라 퉁 퉁 부은 얼굴에 골무 같은 비니까지 쓰고 나니 얼굴 꼴이 말이 아니었다. 얼굴도 가리고 추위도 막을 겸 넥워머를 코까지 끌어올렸다. 가방에 방수 커버 씌우는 것도 잊지 않았다. 마지막으로 양말까지 두 개씩 신고 나서 우 리는 가방을 메고 차로 향했다.

차도는 비교적 깨끗이 치워져 있었고 차는 거의 다니지 않았다. 마을을 벗어나 산으로 들어갈수록 온 세상이 하얀색이었다. 영화 〈설국열차〉에 나 오는 빙하기에 도래한 지구 같은 배경이 이어졌다. 우리가 가고 있는 차도 바로 옆 계곡을 건너면 원래 우리가 걸어갔어야 할 등산로가 있다고 아저씨가 알려 주셨다. 길을 눈으로 확인할 수는 없었지만 그저 아주 가파른 절벽 하나가 보였다. 저기를 지나다가 이곳저곳 다쳤다는 세바스찬이 떠올랐는데 그 험하기를 눈으로 보고 나니 그만하기를 다행이라는 생각이 들었다.

　20~30분 후 여러 차들이 주차되어 있는 공터가 나왔다. 아저씨는 이곳
에 우리를 내려 주며 행운을 빈다는 말을 남기고 돌아가셨고, 우리는 차에
서 내려 주위를 둘러봤다. 겨우내 왔던 18m의 눈이 켜켜이 쌓인 하얀 눈
벽이 보였다. 우리 키를 훨씬 넘는 눈더미를 보고 있으니 우리는 자연스럽
게 압도되었다. 푸른빛과 흙빛은 모두 사라졌다. 틈틈이 보이는 바위와 간

간이 이어진 주황색 폴대가 없었다면 우리는 앞으로 나아가고 있는지조차 실감할 수 없을 정도였다.

그랜드 세인트 버나드 수도원까지 걸어야 할 거리는 그렇게 길지 않았다. 고도가 좀 있긴 했지만 평상시였다면 2시간이면 걸을 거리였다. 문제는 눈 위를 걷고 있어서 평소보다 아주아주 느렸다는 것이다. 어느 정도였냐 하면 나중에 고프로로 나를 찍은 영상을 보니 비디오인지 사진인지 구별할 수 없을 정도였다. 처음 신어 보는 스노 슈즈는 걸을 때마다 발판이 깔딱거렸고, 걸음걸이는 물속에서 걷는 것처럼 어색하고 무거웠다. 그래도 아침 7시부터 걷기 시작했으니 점심 먹을 때까지는 도착하겠지 싶어 우리는 눈을 충분히 즐겼다. 조금 올라가서 경치가 좋은 곳에 도착했을 때는 워킹 스틱을 꽂아 놓고 휴식 시간을 가졌다. 마침 어버이날이라 부모님께 영상 통화를 걸어 알프스산맥 경치를 구경시켜 드리기도 했다. 신통하게도 그 높은 알프스에서도 데이터가 터졌다. 부모님들은 핸드폰 화면에 보이는 설경보다 자식들이 저기까지 올라갔다는 사실이 더 감격적이신 듯했다.

아침을 지나 낮이 다가오자 하늘이 선명한 파란색이 되었다. 파란색과 대비되는 설경은 더 아름다웠다. A4 용지의 하얀색과는 비교도 안 되게 맑고 반짝이는 하얀색이 주위에 가득했다. 어디서도 본 적 없는 풍경에 감탄하며 그림 같은 배경 속을 그렇게 한참을 걸었다. 차가운 바람을 맞으며 눈밭을 걸으니 볼이 점점 빨개졌다. 오후 2시, 콧물을 훌쩍이며 볼이 따끔따

끔해질 때쯤 저 멀리 건물이 보이기 시작했다. 눈밭에 홀로 서 있는 이 작은 건물들은 신기하게도 이질감이 없었다. 알프스를 넘기로 결심한 데는 바로 이 수도원 때문이기도 했다. 알프스를 두 발로 걸어서 넘어간다는 사실도 특별했지만 1000년 동안 이 산꼭대기를 지킨 수도원을 내 눈으로 직접 볼 수 있다는 사실이 감격스럽기까지 했다.

수도원에 들어서자마자 우리는 식당으로 향했다. 수프와 빵, 햄과 구운 야채를 저렴한 가격에 팔고 있었다. 수프는 이곳이 해발고도 2469m 알프스 산맥 중턱이라는 사실을 잊을 만큼 따뜻했다. 빵을 뜯어 수프에 찍어 먹으며 몸을 데우고 햄으로 배를 채웠다. 우리의 숙소는 8인실 도미토리였다. 큰 방에 2층 침대가 4개나 있었지만 오늘은 우리 둘뿐이었다. 어두운 방 안의 길고 좁다란 창문을 통해 설경이 보였다. 우리는 짐을 풀고 수도원을 한 바퀴 돌아봤다. 1000년의 역사를 다룬 조그마한 박물관에는 나폴레옹도 알프스를 넘을 때 이곳에 머물렀다는 이야기가 쓰여 있었다. 저녁에는 별자리가 천장에 박혀 있는 아기자기한 스테인드 글라스가 아름다운 성당에서 미사를 드렸다. 그레이트 세인트 버나드 경로 Great St Bernard Pass 는 역시 비아 프란치제나의 하이라이트였다. 그것도 별 다섯 개짜리.

Day 51.

It's downhill from here

스위스 그레이트 세인트 버나드 수도원(Great St Bernard Hospice) –
이탈리아 에트로우블레스(Etroubles)
16km, 6시간 30분

오늘은 알프스를 내려갈 차례다. 내리막길은 오르막길보다 상대적으로 부담이 적다. 실제로 속도도 더 빨라서 올라올 때는 며칠에 걸쳐서 올라갔던 높이를 오늘 하루 만에 내려갈 수 있다. 어제 새벽 알프스를 오르기 전 비장하게 준비했던 마음과 달리 우리는 설렁설렁 짐을 챙겨서 이미 해가 뜬 오전 8시쯤 길을 내려가기 시작했다.

스노 슈즈를 신고 설경 속으로 다시 들어갔다. 어제보다 꽤 익숙해진 스노 슈즈 덕분에 올라올 때보다 눈 위를 걷기가 수월했다. 우리보다 앞서 지나간 발자국들이 많았다. 심지어 스키 자국도 꽤 있었다. 이 길을 스키를 타고 내려간다니! 대체 어떤 사람들일까 생각하는데 바로 옆으로 신부님과 수사님이 스키를 타고 쌩 지나갔다.

"굿모닝!"
"챠오~"

두 분은 금세 시야에서 사라졌다. 부러운 마음을 살짝 접어두고 우리는 다시 열심히 걷기 시작했다. 우리는 사박사박 눈 밟는 소리를 내며 한참을 걸었다. 엄청난 눈의 양은 올라올 때보다 내려갈 때 더 실감 났다. 차가 지나가는 터널 입구가 아예 눈으로 덮여서 그 옆에 있는 조그만 구멍으로 기어가야 했고, 눈 쌓인 언덕은 경사도 급해서 금방 미끄러질 것 같았다. 그제야 출발할 때 수사님들이 해가 쨍쨍한 오후 시간대가 되면 눈이 녹아 위험해질 수 있으니 서둘러 내려가라고 한 말이 기억났다.

차도는 모두 눈에 덮여 있었고 가드레일만 살짝 보였다. 그리고 그 위로 길을 안내하는 깃발이 드문드문 꽂혀 있었다. 눈이 조금 녹은 구간에서는 차도를 따라 걸었는데 금세 눈이 많아져서 몸이 통과하기 어려울 정도로 길이 좁아졌다. 결국 차도 위에 쌓인 눈 언덕을 걷게 됐다. 왼쪽에는 가드레일과 내리막길이 오른쪽에는 끝도 없이 쌓인 눈 언덕이 있었다. 그 사이를 바들바들거리며 걷고 있었는데 순식간에 내 오른발이 미끄러지면서 몸이 내리막길 쪽으로 기울었다. 그 순간 이삭이 나를 붙잡아 주지 않았다면 나는 아마 저 아래로 굴러가 커다란 눈사람이 됐을 거다. 온몸에 열기가 확 올랐다. 겨우 정신을 차리고 일어서자 이삭이 말했다.

"리나 걸어가는 거 보니까 곧 넘어지겠다 싶더라고. 그래서 내가 대비하고 있었지!"

겁이 난다고 살금살금 걸으면 지금처럼 미끄러지니까 발을 땅에 세게 꽂으면서 걸어야 안전하다고 이삭은 웃음 섞인 핀잔을 줬다. 고비를 넘기고는 완만한 내리막길이 이어졌다. 우리의 스노 슈즈가 빛을 발할 때였다. 워킹 스틱을 폴대 삼아 우리도 스키를 타기 시작했다. 겁 없는 이삭은 빠르게도 내려갔고, 나는 스키장에서 배운 A자 발 자세를 유지하며 조심조심 내려갔다. 이삭보다는 한참 느린 속도였지만 걸어서 내려가는 것보단 훨씬 빨랐다. 우리는 종종 이때의 기억을 꺼내며 말한다. 나 알프스에서 스키 타 봤다고. 중턱쯤 내려와서는 잠깐 멈춰 알프스를 감상했다. 언제 다시 볼지 모를 아름다운 알프스 설경을 눈에 담았다.

알프스를 다 내려와 보니 여기서부터는 이탈리아였다. 프랑스-스위스 국경은 그래도 비석이라도 세워져 있었는데, 스위스-이탈리아 국경은 언제 지났는지도 모르겠다. 올라갈 때보다 빠르게 내려왔지만 죽을 뻔한 고비를 넘기며 내려오는 동안 우리의 다리는 상당히 고생을 한 모양이다. 눈밭을 거의 구르다시피 한 신발과 바지는 잔뜩 젖어 있었고, 긴장이 풀린 다리는 후들거렸다. 이삭과 나는 적당한 곳에 자리를 잡고 따뜻한 시멘트 바닥에 앉아 잠시 쉬는 동안 신발과 양말을 벗어 햇빛에 말렸다.

큰 산을 넘고 나니 우리의 순례길도 후반부를 향해 가고 있다는 것이 실감 났다. 이야기의 기승전결로 표현하자면 이제 결말로 들어온 느낌이랄까. "It's downhill from here."이라는 영어 표현이 있다. 재미있게도 부정적이면서 동시에 긍정적인 의미를 담고 있는 이 문구는 절정을 지나 지금부터는 하향세일 거라는 말과 지금까지는 힘들었지만 이제는 수월해질 거라는 뜻을 담고 있다. 낙관적이고 비관적인 뜻이 한 표현에 담겨 있는데도 묘하게 충돌하지 않는다. 우리의 순례길도 지금부터는 내려가는 일만 남았다. 조금 헛헛하고 아쉬웠지만 가까스로 살아난 뒤에 스키를 타고 신나게 내려왔던 오늘의 내리막길처럼 우리의 길도 아직 남은 순간이 많으리라.

순례길 엽서 사진

우리는 순례길을 끝내고 한국으로 돌아와 우리를 도와준 분들에게 보낼 엽서를 제작했다. 순례길에서 찍은 사진들을 담고, 한국 전통 문양이 담긴 책갈피를 준비했다. 봉투마다 직접 손으로 주소를 적고 프랑스어, 영어, 이탈리아어로 우리가 전하고 싶었던 이야기를 썼던 이 엽서 뭉치는 아직도 우리 집 옷장에 있다. 한 번에 보내고 싶은 마음에 완성하지 못하고 미루다 보니 지금까지 보내지 못했다. 그분들이 아직 우리를 기억하실지는 모르겠지만 이 책과 함께 모두에게 아주 늦은 엽서를 보내려고 한다.

honeymoon

순례길을 걷고 있는 과거의 우리와 지금의 우리가 만난다면
어떤 이야기를 나누게 될까.

anyway

나는 그런 걸 믿어

이탈리아 에트로우블레스(Etroubles) − 아오스타(Aosta)
13km, 6시간

이탈리아는 영국, 스위스, 프랑스에 비해 비아 프란치제나 길이 많이 알려져 있다. 그래서인지 순례자 숙소도 지금까지 지나온 도시 중 가장 많았다. 아무래도 도착지인 로마에 가깝기 때문이 아닐까 싶다. 숙소가 많다는 건 그만큼 순례자가 많다는 뜻이었다. 아니나 다를까 숙소 몇 군데에 전화를 돌렸지만 이미 예약이 꽉 차 있다는 곳이 많았다. 다행히 숙소 리스트 마지막에 있던 성 요셉 숙소에서 겨우 방을 구했다. 지금까지의 순례길과는 또 다른 느낌이었다.

이탈리아에 도착해 길을 걷고 있는데 갑자기 비가 쏟아졌다. 오늘 묵기로 한 숙소까지는 아직 5km 정도가 남아 있었다. 급작스러운 비에 길을 멈춰야 했던 사람은 우리만이 아니었다. 건물 처마 밑에 사람들이 옹기종기 모여 있었다. 순례길에 이 정도 폭우는 처음이 아니었기에 비가 조금 잦아들면 다시 출발할 생각이었다. 그런데 우리야 순례자라서 이 정도 비는 익숙하다 하지만 왜 다들 비를 쫄딱 맞고도 불쾌해 보이지 않는지 신기했다. 잠시 후 가장 웃음소리가 큰 가족들 중 한 명이 꽤 큰 밴을 몰고 등장했다. 그리고 운전석에 앉아 있던 아저씨가 우리에게 말을 건넸다.

"Dove andate? Vi porto io!"
(너네 어디 가? 내가 태워줄게!)

그분은 이탈리아인 특유의 빠른 말투로 우리의 목적지를 물어보고는 우리를 태우고 출발했다. 우리가 이탈리아어를 조금 할 줄 안다는 걸 알자 아저씨는 엄청나게 빠른 속도로 이야기하기 시작했다.

"세상은 돌고 돌아. 내가 너를 도우면 네가 세상의 반대쪽에 가서 또 누군가를 돕겠지. 그리고 그건 돌고 돌아서 언젠가 나를 도울 거야. 나는 종교도 싫어하고 신도 안 믿지만, 나는 그런 걸 믿어!"

대충 알아들은 바로는 그랬다. 짧은 이탈리아어로 정확하게 이해할 수는 없었지만 아저씨가 한 그 말의 의미는 또렷이 다가왔다. 마을에 도착해 젖은 옷을 빨랫줄에 널며 나는 곱씹었다. 비가 마구 쏟아지는 날, 습하고 비좁은 밴 안에서 오늘 처음 만난 이탈리아 사람 여러 명과 함께 도시로 향했던 그 순간을.

Day 53.

알아 가는 중입니다

이탈리아 아오스타(Aosta) – 샤띠용(Chatillon)
29km, 8시간 40분

오늘의 풍경도 멋졌다. 그러니까 53일 동안 풍경은 계속 멋졌다. 오늘은 커다란 산맥 사이를 걸으며 예전에 지어진 고성도 가까이서 보고, 1000년은 되어 보이는 커다란 돌다리를 넘기도 했다. 다채로운 풍경들이 멋지게 이어졌지만 우리는 조금 지쳐 있었다. 알프스 산을 넘고도 이틀째 쉬지 않고 계속 걸은 탓인 듯했다. 마지막으로 걷는 걸 쉬고 도시를 즐긴 날이 열흘이 넘었다. 몸이 힘들어지니 서로 예민해져서 안 그래도 잦은 싸움이 더 잦아졌다. 이제 그만 걷고 싶다는 생각이 머릿속을 가득 채웠다.

그래도 순례길을 걸으며 서로의 감정 알아채기에 도가 튼 우리는 머리에 꽃을 꽂아 주기도 하고, 들판을 맨발로 돌아다녀 보기도 하면서 우울한 기분을 떨쳐 내려고 노력했다. 서로 워킹 스틱을 내밀고 끌어 주며 리나 기차 이삭 기차 놀이도 했다.

걷는 게 지루해질 때는 진실 혹은 거짓 놀이를 했다. 2년간 연애를 했지만 우리는 아직 서로를 속속들이 모르는 신혼부부였다. 이삭은 내가 작가가 되고 싶었다는 것을, 나는 이삭이 졸업생 대표로 연설했다는 것을 새롭게 알게 됐다. 우리는 서로를 꽤 잘 알고 있다고 생각했는데 순례길을 걸으며 몰랐던 새로운 것들을 더 알아 가고 있었다. 나는 앞으로 이삭과 함께하며 이삭을 더 알아갈 생각에 조금 신이 났다.

투덜이와 코골이

이탈리아 샤티용(Châtillon) — 도나스(Donnas)
26km, 6시간 40분

비아 프란치제나 안내서 중 가장 유명한 책은 《The lightfoot guide to Via francigena》로 총 세 권으로 이루어져 있다. 우리는 영국에서부터 세 권을 들고 출발했지만 순례길 초반에 성에 사는 존과 마리 순례자 부부를 만난 뒤로 미련 없이 책을 버렸다. 배낭여행을 하다 보면 책만큼 무거운 것이 없기 때문이다. 그런데 오늘부터 시작될 여정에는 그 책의 마지막 권이 필요했다.

오늘 아침 우리가 묵고 있는 숙소의 폐휴지 함에서 그 책을 발견했다. 게다가 우리가 필요했던 세 번째, 마지막 권이었다. 나는 사실 속으로 없어도 큰 문제는 없겠다 싶은 생각을 하고 있어서 가져갈까 말까 고민하고 있었는데 이삭의 마음은 다른 듯했다.

"리나, 이거 딱 우리가 지금 필요한 부분이야. 와, 게다가 거의 새 거야!"

　이삭은 환호성을 지르다 못해 호들갑을 떨었다. 폐휴지 함에서 발견된 모습 그대로 사진을 찍어야 한다며 이리저리 핸드폰을 들이대는 이삭을 옆에서 보며 생각했다. 이삭은 참 즐거운 청년이다. 예전에는 나도 긍정적인 사람, 밝은 사람의 이미지가 좋아 보여 많이 맞추려 들었다. 기본적으로 나는 눈을 반만 뜨고 지내고 목소리도 조용조용한 편인데, 사람들과 있을 때는 눈썹에 살짝 힘을 주고 눈을 동그랗게 뜨고 맞장구를 치곤 했다. 처음에는 이삭에게도 당연히 그렇게 했는데 순례길을 걸으면서 내 연기는 끝이 났다. 24시간 내내 붙어서 고된 하루를 보내는데 밝은 사람인 척 연기까지 하기에는 무리였다. 하루 종일 눈을 게슴츠레 반만 뜨고 목소리도 반만 내는 모습을 보여 준 날, 나는 이삭과 부부가 되었구나 실감했다.

오늘은 나지막한 산을 올라 능선을 따라가는 길이었다. 그러다 중간에 오랫동안 사람이 살지 않은 듯한 집 앞 그네 의자에 앉아 바람을 맞으며 쉬었다. 오밀조밀한 집들이 모인 마을을 내려다보며 이삭은 감상에 잠겨서 말했다.

"여기서 마을을 내려다보니 참 아름답네요."

그 말에 나는 대답했다.

"저기 마을을 가로질러서도 갈 수 있는데 왜 우리는 산을 돌아서 가야 할까요. 더 평평하고 더 짧게 갈 수 있는데 말이죠."

이삭은 미세스 투덜이가 나왔다며 웃었다. 도착한 숙소에서는 새로운 순례자 아저씨 루이지를 만났다. 루이지 아저씨는 1년에 1번 한 달 동안 휴가를 내고 비아 프란치제나를 걷고 있다고 했다. 슈퍼마리오 스타일의 수염을 가진 루이지 아저씨는 우리를 친절하고도 편하게 대해 주셨다. 한 방에 침대 3개를 두고 함께 자는 숙소에서 이삭이 중간에 눕고 루이지 아저씨와 나는 양 끝에서 잠이 들었다. 다음 날 아침, 전날 30km를 걷고 뻗어버린 우리와 달리 아저씨는 쉽게 잠에 들지 못한 듯했다. 그리고는 나를 조용히 불러 말했다.

"네 남편 코 골더라. 앞으로 조심해라."

50일이 넘는 순례길, 투덜이와 코골이의 나쁘지 않은 신혼여행이라고
나는 생각했다.

우리와의 식사

이탈리아 도나스(Donnas) – 이브레아(Ivrea)
29km, 7시간

오늘 도착할 이브레아는 우리나라로 치면 광역시 수준의 큰 도시다. 그래서 숙소 구하기도 쉬울 줄 알았지만 비싼 곳 아니면 모두 자리가 차 있었다. 큰 도시에서는 야영도 쉽지 않아서 울며 겨자 먹기로 비싼 돈을 내고 숙소를 구해야 하나 하다가 카우치 서핑이 생각났다. 서둘러 카우치 서핑 앱을 켜서 우리가 묵을 수 있는 숙소가 있을지 확인했다. 숙소 목록에는 꽤 많은 숙소들이 있었지만 바로 오늘 우리가 묵을 수 있는 숙소는 없었다. 오늘은 어렵다는 답을 여러 차례 받던 중에 한 분이 우리에게 이렇게 메시지를 남겼다.

"오늘은 이미 다른 예약이 있어서 숙소 제공은 어려워요. 하지만 괜찮다면 저녁 식사를 대접해도 될까요? 순례길 신혼여행이라니 궁금해요!"

그 메시지에 우리는 기쁘게 "Si!!" 네!! 라고 보냈다.

30km 가까이 걸었지만 이제 이 정도는 거뜬하게 걸을 수 있게 된 우리는 생각보다 일찍 이브레아에 도착했다. 어렵게 예약에 성공한 에어비앤비 숙소에 짐을 풀고 씻고 나니 약속한 시간이 되었다. 저녁 식사에 우리를 초대해 준 젠은 혼자 살고 있는 50대 여자분이었다. 고등학교를 미국에서 다녔다고 한 젠은 영어를 능숙하게 했다. 약속 시간보다 조금 일찍 도착한 우리는 저녁 식사 준비를 함께 돕기로 했다. 햇빛이 잘 드는 부엌에서 나는 젠과 칼질을 하고 이삭은 야채를 씻었다.

젠의 숙소에 이미 머무르고 있던 게스트는 영국 사람 로버트였다. 로버트는 회사 일 때문에 이곳 이브레아에서 잠시 지내고 있다고 했다. 우리 네 사람은 테이블에 둘러앉아 많은 이야기를 나누었다. 일상을 살고 있는 두 분은 지금까지 순례길에서 만난 다른 숙소 주인들과 달랐다. 직장, 월급, 미래에 대한 이야기를 나누며 덕분에 오랜만에 나도 일상을 맛본 기분이었다. 젠은 우리의 신혼여행에 대해서도 물었다. 우리는 길을 걸으며 우리가 만났던 낯선 천사들 이야기를 식탁에 풀어놓았다. 젠과 로버트는 아까 일상 이야기할 때와는 달리 찌푸린 미간을 풀고 우리의 이야기를 들었다. 그리고는 자기와는 너무 먼 이야기지만 새로운 생각을 들게 하는 이야기라고 나지막이 말했다.

일상으로 돌아온 지금, 오르는 집값이나 통장 잔고 그리고 가계부를 정리하다 한숨이 나올 때면 이때를 생각해 본다. 순례길을 걷고 있는 과거의 우리와 지금의 우리가 이때처럼 식탁에 모여 앉아 있다면 어떤 이야기를 나누게 될까.

앞으로의 계획은

이탈리아 이브레아(Ivrea) - 산차(Santhià)
32km, 8시간

오늘은 우리가 평소 걷는 거리보다 조금 더 걸었지만 몸이 가뿐했다. 꽤 빠른 속도로 걸어서 2시쯤에는 경치 좋은 카페에 앉아 젤라또를 먹기도 했다. 커다란 비아 프란치제나 표지판 옆에 서서 순례자 얼굴을 흉내 내기도 하고, 탁 트인 넓은 들판을 만나기도 했다.

연이은 카우치 서핑에서의 좋은 기억에 우리는 오늘 도착할 도시에서도 카우치 서핑으로 숙소를 구하기로 했다. 이번 카우치 서핑 숙소 주인은 브라질에서 온 스텔라로 이탈리아인 남편과 결혼해 10대 두 아이를 키우고 있다고 했다. 스텔라 가족은 음악을 사랑하는 가족이었다. 아이들은 기타와 클라리넷을 하나씩 연주할 줄 알았고, 스텔라는 가수를 하는 동생의 매니저로 일하고 있었다. 방마다 구경을 다니다 아이들 방에서 기타와 클라리넷을 본 우리는 아이들에게 한 곡 연주해 달라고 부탁했다. 아이들은 신난 얼굴로 거실에 의자와 악기를 세팅하고 연주를 시작했다. 이미 여러 번 합

주해 본 듯한 실력으로 짧은 곡을 몇 곡 연주해 줬고, 우리는 열렬히 박수를 보냈다.

저녁 식사는 남편분이 이탈리아 정통 까르보나라를 만들어 주셨다. 한국에서 먹던 꾸덕한 크림소스가 아니라 계란과 판체따라는 훈제 삼겹살로 간을 한 파스타였다. 오랜만에 아이들과 함께한 식탁은 역시나 왁자지껄하고 재미있었다. 스텔라 가족의 연주회와 즐거운 식사는 오늘 32km를 걸으며 지쳤던 우리를 100% 충전해 줬다.

음악이 함께한 저녁 시간을 보내고 돌아와 우리는 침대에 누웠다. 몸은 많이 피곤하지 않았는데 가슴이 조금 저릿했다. 그때 불현듯 기분이 이상해졌다. 며칠 전 시작했다고 생각한 생리가 터무니없이 적은 양만 비춘 채 끝난 것이 기억났다. 그때는 환경도 많이 변했고 매일 몇십 킬로를 걸으니 그럴 수도 있겠다고 생각했는데 아무래도 조금 이상했다.

"나 몸이 좀 이상해. 내일 임신 테스트해 봐야 할 것 같아."

이삭의 눈이 동그래졌다. 어떻게 이상한지, 오늘 컨디션은 어땠는지 질문을 마구 쏟아내더니 핸드폰으로 내 증상을 검색해 보기 시작했다. 핸드폰 불빛을 등지고 나는 몸을 틀어 누웠다. 밀려오는 많은 생각들보다 졸음이 먼저였다.

이삭은 일어나자마자 약국으로 뛰어가 임신 테스트기를 사 왔다. 그리고 결과는 뚜렷한 두 줄. 이삭은 감격한 얼굴로 나를 봤고, 나는 웃어야 할지 울어야 할지 모호한 감정들 속에서 일단은 이삭을 따라 웃었다. 순례길에서 임신이라니. 그것도 어제 처음 본 사람 집 화장실에서 임신 사실을 확인하다니.

스텔라 가족들이 하나둘 일어나기 시작했고 우리는 밝은 얼굴로 아침 인사를 했다. 우리는 짐을 싸며 오늘의 계획을 세웠다. 우선 산차 기차역으로 가서 밀라노가 큰 도시 중에 제일 가까우니까 거기서 며칠 쉬기로 했다. 임신 테스트기는 98%의 정확도를 가진다고 하지만 우리는 아직 불안했다. 스텔라 가족에게는 비밀로 하고 오늘부터 또다시 로마로 걸어갈 순례자들처럼 연기하며 토스트를 먹었다. 이삭은 오늘의 목적지는 어디냐는 스텔라에게 원래의 목적지였던 베르첼리로 갈 거라고 아무렇지 않은 척 대답했다. 뒤이어 스텔라가 물었다.

"신혼여행하는 부부한테 좀 이르긴 하지만 앞으로의 계획은 어떻게 돼요? 가족계획이라던가."

우리는 서로를 마주 보고 배시시 웃은 뒤 대답했다.

"계획이라는 게 그대로는 안 되더라고요."

Day after

밀라노에 도착하자마자 병원에 들러 정밀 피검사를 받았다. 이탈리아어로 길이라는 뜻의 Via는 우리가 예전에 정해 놓았듯이 아이의 태명이기도 했다. 피 검사 결과는 당연하게도 임신. 원효대사 해골물이라 했던가. 임신 사실을 안 그날부터 나는 급격히 피곤해지기 시작했다. 나는 그 핑계로 밀라노의 한식집에서 만 팔천 원짜리 냉면과 이만 원짜리 비빔밥을 아무런 죄책감 없이 챙겨 먹었다. 밀라노와 피렌체에서 2주 정도를 쉬면서 우리는 순례길에서 일상으로 내려올 준비를 시작했다. 부모님께도 임신 사실을 알렸다. 우리의 연락을 받은 시어머님은 눈물을 글썽이셨고, 차분하고 담백한 친정엄마는 기쁜 일이라 말했다.

비아 프란치제나 순례길의 마지막 코스는 로마였다. 우리가 걸어서 들어왔어야 할 바티칸에 버스를 타고 도착했다. 완주하지 못했다는 것에 아쉬움이 남지 않았던 것은 아니다. 비록 순례길 완주 증서를 받지 못했지만 우리는 미완의 순례길에서 '과정의 즐거움'을 배웠다. 언젠가 다시 완주할

비아 프란치제나를 기약하며 우리는 빈칸이 남은 순례자 여권을 아직도

종종 열어 본다.

순례길 여권 사진

시청이나 순례자 숙소에서 정식으로 도장을 받은 곳들도 있고, 우리가 머물렀던 숙소 주인에게 도장 대신 그림을 그려 달라고 한 곳들도 있다. 앨리스의 별을 바라보는 우리 셋 그림이나 오리를 좋아하던 니콜 아주머니의 오리 그림을 보면 아직도 그때의 기억이 생생하게 떠오른다.

에필로그　　56일간의 신혼여행

이삭과 나, 우리 두 사람은 결혼 전 각자 봉헌 생활을 꿈꿨다. 독신으로 살며 신을 위해 바쳐진 인생 말이다. 다른 사람들이 어떻게 바라볼지는 모르겠지만 봉헌 생활을 접고 나왔을 때 나는 그것을 '인생 최대의 실패'라고 느꼈다. 영혼의 짝이라고 느꼈던 이삭과의 사랑도 포기하고 선택했던 길이었고, 전공까지 바꿔 가며 준비한 꿈도 포기하고 택한 길이었다. 가족, 친구들과의 관계도 포기해야 함은 당연했다. 종종 어떤 길을 포기하는 것은 그 길을 선택하는 것보다 어렵다. 그럼에도 나는 그 길을 포기하고 돌아가기를 택했다.

자존감이 바닥을 친 시간들이었다. 나는 스무 살 때부터 거의 매일 일기를 써 왔다. 1년짜리 다이어리에서 빈칸은 30일 정도뿐이었고, 나머지 칸은 짧게라도 채워져 있었다. 내가 보낸 시간들을 곱씹고 깊게 파보기도 하며 하루하루를 잊지 않고 기억하고 싶은 마음에서였다. 그런 내가 이 시기에는 약 6개월 동안 한 글자도 적지 않았다. 심지어 이삭에게 프러포즈를 받던 날도, 열심히 준비한 임용고시를 드디어 치른 날도 기록하지 않았다. 마음 안으로 들어가는 문을 여는 것이 너무도 무서웠다.

그랬던 내가 순례길을 걸으며 다시 일기를 쓰기 시작했다. 흘려보내고 싶지 않은 순간들이 다시 모였다. 순례길을 통해 얻은 것은 정말 많다. 낯선 천사들을 만나면서 세상이 아직 살 만하다는 것과 우리가 얼마나 도움이 필요한 존재인지를 배웠고, 앉아서 공부만 하던 내가 매일 25km를 넘게 걸으며 나중엔 알프스도 넘었다는 사실은 바닥나 버린 내 자존감을 높여 줬다.

아직 '결혼'이라는 불완전한 길을 걷고 있지만 이제 내 안에 불안감은 없다. 이삭은 내가 부족한 부분을 채워 주고, 우리는 서로의 어둠과 실패를 이해한다. 우리는 서로 모난 부분을 함께 깎아 가며 성장했고 성장하고 있다. 사람들은 결혼이 새로운 삶의 시작이라는 말을 관용어처럼 사용한다. 그렇다면 그 새로운 시작을 제대로 준비하고 싶은 사람들에게 나는 순례길 신혼여행을 추천하고 싶다.

우리는 이제 6년 차 부부가 되었고, 첫째 아들 '비아'와 둘째 아들 '윤이'를 데리고 서울 둘레길을 걷기 시작한 지는 3년 차가 되었다. 출산과 육아로 고립된 생활 속에서 우리는 탈출구로 다시 걷기 시작했다. 유아 등산 캐리어에 두 아이를 태우고 둘레길을 걷다 보면 우리가 왜 이 고생을 사서 하고 있나 생각이 들 때가 있다. 하지만 날씨 좋은 주말이면 둘레길에 가고 싶다는 비아와 배낭 위에서 나무껍질을 만지며 꺄르르거리는 윤이를 볼 때면 마음이 꽉 차는 기분이 든다. 그렇게 아이들도 우리와 함께 풀물이 들어간다.

이제 우리는 미완의 순례길을 아이들과 함께 완주할 꿈을 꾼다.

길 위의 낭만,
순례길 신혼여행을 꿈꾸다

초판인쇄 2023년 5월 29일
초판발행 2023년 5월 29일

지은이 김리나, 권영범
발행인 채종준

출판총괄 박능원
책임편집 유나영
디자인 서혜선
마케팅 문선영 · 전예리
전자책 정담자리
국제업무 채보라

브랜드 크루
주소 경기도 파주시 회동길 230(문발동)
투고문의 ksibook13@kstudy.com

발행처 한국학술정보(주)
출판신고 2003년 9월 25일 제406-2003-000012호
인쇄 북토리

ISBN 979-11-6983-342-4 03810

크루는 한국학술정보(주)의 자기계발, 취미 등 실용도서 출판 브랜드입니다. 크고 넓은 세상의 이로운 정보를 모아 독자와 나눈다는 의미를 담았습니다. 오늘보다 내일 한 발짝 더 나아갈 수 있도록, 삶의 원동력이 되는 책을 만들고자 합니다.